LA COMEDIE DES TVILLERIES.

Par les cinq Autheurs.

A PARIS,
Chez AVGVSTIN COVRBE', Imprimeur, & Libraire de Monſeigneur Frere du Roy, dans la petite Salle du Palais, à la Palme.

M. DC. XXXVIII.
Auec Priuilege du Roy.

A

MONSEIGNEVR LE CHEVALIER D'IGBY.

MONSEIGNEVR,

S'il eſt vray que les Liures ont leur Deſtin, comme les autres choſes du monde, cette Comedie ne peut manquer d'en auoir vn bon, puis qu'elle a l'honneur de vous eſtre

à

dediée. Ayant à passer de FRANCE *en* ANGLETERRE, *elle y sera ie m'asseure, fauorablement reçeuë, sous la protection de vostre Nom; & ne paroistra pas moins à* VVITAL, *qu'elle a paru dans le* LOVVRE. *Déja mesme elle reçoit de nouuelles graces entre vos mains; & soûmet à vostre Iugement la meilleure partie de son estime, puis que vous en sçauez faire vne tres-iuste de toutes les bonnes choses, pas vne desquelles ne peut échapper à vostre connoissance. Vous en auez,* MONSEIGNEVR, *vne tres-parfaite des plus belles Langues, principalement de la nostre, que vous entendez au dernier point, & dont vous sçauez discerner les beautez d'auec les agreemens de la Grecque & de la Latine, de l'Italienne, & de l'Espagnolle. C'est en ces Langues aussi, que vous pouuez quand il vous plaist, parler des Arts les plus nobles, & des Sciences les plus exquises; comme de la Theologie, & de la Philosophie; de la Politique, & de la Morale; de l'Histoire, & de la Fable; de l'Astrologie, & de la Geometrie; de la Nauigation, & de ses diuerses Routes; de la Musique, & de la Peinture; Et pour le dire en vn mot, de toutes les parties de Mathematique; qui sont les vnes recommandables durant la Paix, & les autres necessaires en temps de Guerre. Ces diuertissemens de l'Esprit s'accompagnent des exercices du Corps, où vostre adresse paroist merueilleuse; Et à toutes ces choses ensemble vous adjoustez les plus illustres Vertus de l'Ame, qui sont, vne Probité charmante, vne Franchise incomparable, & vne Generosité sans exemple. Ainsi, MON-*

SEIGNEVR, vous ne laissez rien à desirer en vous, de tout ce qui peut faire valoir vn homme de grande naissance; Et la passion que vous auez pour les Armes, ne vous fait point negliger l'Amour des Liures, ny les Ouurages des Muses. Elles me commandent de vous offrir celui cy, pource qu'elles sçauent bien que ce qui vient d'elles vous est tousjours agreable, & que de leur diuin entretien vous en faites vos plus aimables delices. Agreès donc, s'il vous plaist, que ie vous le presente de leur part, & qu'à la permission qu'elles m'en donnent, i'adjouste l'honneur de me pouuoir dire,

MONSEIGNEVR,

Vostre tres-humble, & tres-obeissant seruiteur,
I. BAVDOIN.

AV LECTEVR.

CETTE Piece, LECTEVR, a esté trop bien concertée, pour n'être pas dans la iustesse requise, & pour ne point contenter vos yeux, apres auoir charmé vos oreilles. Vous sçauez auec quelle magnificence, elle a esté representée à la Court, & que ceux qui l'ont veuë en ont tous admiré la conduitte, & les decorations de Theatre. Mais le sujet en est encore plus merueilleux, puis qu'il se soûtient toûjours également, & par la beauté des Vers, & par la diuersité des inuentions, qui leur seruent de matiere. Vous en demeurerez d'accord auec moy, si vous en voulez iuger sans passion; & ie suis bien trompé, si vous ne dittes en mesme temps, que les gentilesses & les agréemens de ce Poëme ne peuuent mieux s'approprier qu'à la Scene, dont il emprunte tout son éclat.

Elle eſt en vn lieu delicieux, & charmant au de là de toute merueille ; Où meſme dans les plus fortes rigueurs de l'Hyuer, ſe font remarquer les belles couleurs du Printemps ; où ſe trouue en effet tout ce que les Poëtes ont racconté de leurs Iardins Fabuleux ; Et où les Graces & les Deïtés, entretiennent innocemment l'Amour, dont elles reconnoiſſent l'Empire. Ce qui ne vous ſemblera pas nouueau, quand pour vous le faire croire, ie vous auray dit que ce lieu ſe nomme, LES TVILLERIES. Là cét ECHO diuertiſſant, que la Nature produit, & que l'Art tient enfermé dans vn Dedale agreable, paroiſt ingenieux à fauoriſer vn Amant ; qui pour le conſulter employe la voix de la perſonne qu'il ayme, ſous pretexte de ſuiure l'aduis qu'il feint auoir eu d'vn Oracle imaginaire. Là meſme d'vne petite eſtincelle, il en allume vn grand feu ; Et donnant naiſſance à leur Amour, il la donne auſſi à cette Comedie, qui vous en apprendra le ſuccés. Vous ſçaurez au reſte, qu'elle a eſté faite par cinq

differans

differans Autheurs, qui pour n'étre pas nommés, nelaiſſent pas toutes fois d'auoir beaucoup de Nom ; & les Ouurages deſquels ſont aſſez connus d'ailleurs, pour vous faire aduoüer le merite de cellui-cy

PRIVILEGE DV ROY.

LOVIS PAR LA GRACE DE DIEV ROY DE FRANCE ET DE NAVARRE: A nos amez & feaux Conseillers les Gens tenans nos Cours de Parlement, Maistres des Requestes ordinaires de nostre Hostel, Baillifs, Seneschaux, Preuosts, leurs Lieutenans & à tous autres nos Iusticiers & Officiers qu'il appartiendra, Salut. Nostre bien amé Augustin Courbé, Libraire à Paris, nous a fait remontrer qu'il a recouuré vn manuscrit d'vn liure intitulé, *La Comedie des Tuilleries, composée par les cinq Autheurs*, lequel liure il desireroit imprimer, s'il auoit sur ce nos lettres necessaires, lesquelles il nous a tres-humblement supplié de luy accorder. A CES CAVSES nous auons permis & permettons à l'exposant, d'imprimer ou faire imprimer, vendre & debiter en tous les lieux de nostre obeissance, en vn, ou plusieurs volumes ledit liure, en telle marge & caracteres, & autant de fois qu'il voudra, durant l'espace de sept ans entiers & accomplis, à compter du iour que ledit liure sera acheué d'imprimer pour la premiere fois: Et faisons tres expresses deffences à toutes personnes de quelque qualité & condition qu'elles soient, de l'imprimer, faire imprimer, vendre ny distribuer en aucun lieu de ce Royaume, durant ledit temps & espace, sous pretexte d'augmenattion, correction, changement de tiltre, ou autrement, en quelque sorte & maniere, que ce soit, à peine de quinze cens liures d'amende, payables sans déport par chacun des contreuenans, & appliquables vn tiers à nous, vn tiers à l'Hostel-Dieu de Paris, & l'autre tiers à l'exposant, confiscation des exemplaires contrefaits, & de tous dépens dommages & interests. A condition qu'il en sera mis deux Exemplaires en nostre Bibliotheque publique, & vn en celle de nostre tres-cher & feal, le sieur Seguier, Cheualier, Chancelier de France, auant que de les exposer en vente, à peine de nullité des presentes; du contenu desquelles nous vous mandons que vous fassiez iouyr plainement & paisiblement l'exposant, & ceux qui auront droit de luy, sans qu'il leur soit fait aucun trouble ou empeschement. Voulons qu'en mettant au commencement ou à la fin de chaque volume vn bref extraict des presentes, elles soient tenues pour signifiées, & que foy y soit adioustée, & aux copies d'icelles, collationnées par l'vn de nos amez & feaux Conseillers & Secretaires, comme à l'Original. Mandons aussi au premier nostre Huissier ou Sergent sur ce requis, de faire pour l'execution des presentes tous exploits necessaires, sans demander autre permission. Car tel est nostre plaisir. Nonobstant oppositions ou appellations quelconques, & sans preiudice d'icelles; Clameur de Haro, Chartre Normande, & autres Lettres à ce contraires, DONNE à Paris le 28. iour de May, l'an de grace, mil six cens trente-huict: Et de nostre Regne le vingt huictiesme.

Par le Roy en son Conseil. Signé, CONRART.

Les Exemplaires ont esté fournis, ainsi qu'il est porté par le Priuilege.

Acheué d'imprimer pour la premiere fois, le 19. Iuin, 1638.

ACTEVRS.

AGLANTE, Gentil-homme François.
ARBAZE, Oncle d'Aglante.
ASPHALTE, Confident d'Aglante.
NERICE, Mere de Cleonice, & Maitresse d'Aglante.
CLEONICE, Suiuante.
MELINDE, Confidente de Cleonice.
ORPHISE, Voisin de Cleonice.
FLORINE, Voisine d'Arbaze.
Deux BRAVES.
Le Gardeur des Lyons.
IANOT, & TOINET, Iardiniers.

La Scene est aux Tuilleries.

MONOLOGVE.

LES
TVILLERIES.
MONOLOGVE.

SAcré Pere du iour, beau Soleil, ſors de l'onde,
Et vien voir auec moy le plus beau lieu du monde;
C'eſt du plus grand des Roys le ſuperbe ſejour,
Et le vray Paradis des delices d'Amour.
C'eſt icy que la Gloire eſtablit ſon Empire,
Que tout y meurt d'Amour, ou que tout en ſoûpire;
Et quiconque a peu voir vn ſejour ſi charmant,
Ne veut plus auoir d'yeux que pour luy ſeulement.
Parterres enrichis d'éternelle peinture,
Où les graces de l'Art ont fardé la Nature;
Que vôtre abord me plaiſt! que vos diuerſitez,
Me monſtrent à l'enuy d'agreables beautez!
C'eſt auecque plaiſir que le Ciel vous éclaire,
Il ſemble que l'Hyuer ait peur de vous déplaire;
L'Eſté n'oſe ternir vôtre aimable verdeur,
Et ſa flâme pour vous n'a que de la ſplendeur.
Vieux Cheſnes, vieux Sapins, dont les pointes chenues
S'éloignent de la terre, & s'approchent des nues;
Bois, où l'Aſtre du iour confondant ſes rayons,
Fait naitre cent Soleils, pour vn que nous voyons.

MONOLOGVE.

Beaux lieux, dont la tranquile, & plaisante demeure,
Ne reçoit point d'ennuy, qu'aussi tost il n'y meure;
Vous voir, vous posseder est mon bien le plus dous,
N'est-ce pas viure heureux, que de viure chez vous?
Apres auoir passé dans vne grande Allée,
D'Aulnes & d'Ypreaux artistement voilée;
Le fauorable sort qui me guide en ces lieux,
M'a fait d'vn Carré d'eau voir l'objet gratieux,
Où le chant des oyseaux, & le bruit des Fontaines,
Font vn concert plus doux que celuy des Sireines.
C'est vn plaisir de voir la Nymphe de ces eaux,
Couurir sa nudité d'vn crespe de roseaux;
Friser l'Azur flottant de ses tresses humides,
Se couronner le front de ses Perles liquides,
Ternir de son éclat les Nymphes d'allentour,
Et parêtre vne Reyne, au milieu de sa Cour.
C'est vn plaisir de voir l'ombre de ces feuillages,
Emailler ce Cristal de leurs vertes Images;
Errer au gré du vent, aussi bien que ces flots,
Et tous ces mouuemens me donner du repos.
Sur quelque Verité que la Fable se fonde,
Venus ne prit iamais sa naissance de l'onde,
Ou voyant vn lict d'or sous ce flot de Cristal,
I'ose bien asseurer que c'est son lieu natal.
Il semble que ces bords gardent encor ses traces,
Que le teint de ces fleurs soit celuy de ses Graces,
Que ce Dedale sombre, en ses confus détours,
Serue encor de retraitte à ses petits Amours,

Et que l'air de ce lieu, qui termina leur course,
Inspire des douceurs, dont ils furent la source.
Mais pour ioindre l'Amour auec l'honnesteté,
Et monstrer qu'en ces lieux regne la Chasteté ;
Vn Enfant qui soûrit d'vne admirable grace,
Est l'innocent conduit où cette belle eau passe ;
Et pour plus d'Innocence, & plus de pureté,
Ie viens d'apperceuoir que l'on auoit osté,
Ce que l'Art, qui se plaist d'imiter la Nature,
Auoit mis de honteux dans sa chaste figure.
De là guidant mes pas dans vn fonds découuert,
I'ay veu les raretez d'vn demy-cercle vert,
Qui porte iusqu'au Ciel ses hautes pallissades,
Dont l'agreable sein s'ouure à nos promenades.
C'est là qu'on oyt souuent, & des Luts, & des voix,
Imposer le silence aux oyseaux de ces bois,
Et rendre d'autant plus leur Musique parfaite,
Qu'vn Echo rauissant l'anime, & la repete.
Vous diriez qu'en ce lieu cette Fille de l'air,
Cette Nymphe, qui naist & meurt comme vn éclair,
Ne redouble l'accent de ses voix nompareilles,
Qu'afin d'y redoubler le plaisir des oreilles.
Errant par les détours de ces plaisans Vergers,
Ie me suis rencontrée en vn bois d'Orangers,
Où l'éclat d'vn beau Vert, au Iaune d'or s'assemble,
Où les fleurs & les fruits se nourrissent ensemble ;
Symbole de l'Amour, dont le feu précieux,
Flatte les ieunes gens, & rajeunit les vieux ;

Chatoüille leurs eſprits d'vne belle apparance,
Entretient leur deſir d'vne vaine eſperance ;
Et d'vn trait émouſſé les venant aſſaillir,
Leur preſente des fruits, qu'ils ne ſçauroient cueillir.
Alors pour ſatisfaire au deſir qui me touche,
I'en ay pris vne feüille, & l'ay miſe en ma bouche ;
Mais comme ſa couleur me l'a fait ſouhaitter,
Son ſuc aſpre & picquant me l'a fait rejetter :
Ce qui m'a fait penſer, qu'Amour a de couſtume
D'aſſaiſonner ſes fruits de beaucoup d'amertume ;
Et qu'ordinairement, lors qu'on n'y ſonge pas,
Il meſle du poiſon dans ſes plus doux appas.
Apres on m'a monſtré dans vn Antre ſauuage,
Des Beſtes dont les yeux ne flambent que de rage ;
Des Tygres, des Lyons, des Ours, des Leopards,
Adoucir à l'enuy leurs farouches regards ;
Eſteindre la fureur qui les rend redoutables,
Flechir deſſous l'Amour, ſe rendre plus traittables ;
Et dans les ſentimens de leur brutalité,
Adorer ſon pouuoir, & benir ſa bonté.
De là gaignant le haut d'vne longue Terrace,
Dont l'objet merueilleux tous les autres efface,
I'ay pris à la main droitte vn petit eſcalier ;
Et conduiſant mes pas dans vn long Eſpalier,
Le Pauillon des Tuilleries, ou loge Mademoiſelle *I'ay veu d'vn grand Palais le pompeux Edifice,*
Superbe de matiere, & riche d'artifice ;
Approcher du Soleil ſes ſommets azurez,
Eſclatter à l'enuy de ſes rayons dorez,

Et monſtrer en ſon ſein la voûte ſuſpenduë,
D'vn Eſcalier ouuert, & de vaſte eſtenduë,
Les viſions d'vn ſonge, ou d'vn enchantement,
N'ont iamais ſceu former vn ſi beau baſtiment.
I'ay ſceu que l'Amour meſme y fonde ſon Empire,
Depuis qu'vne Princeſſe auec luy s'y retire;
Nymphe toute adorable, illuſtre ſang des Dieux,
Merueille de la terre, & chef-d'œuure des Cieux,
Dont la Beauté naiſſante, & la Vertu diuine,
Augmentent la ſplendeur de ſa haute origine.
Que de peuples vn iour réuereront ſes Loix!
Elle ſera l'objet des paſsions des Roys;
Et combien que les Dieux ſoient d'eſſence immortelle,
Les Dieux aſſeurément voudront mourir pour elle.
Pourſuiuant mon chemin dans vn oblique tour,
Et coſtoyant les Murs de ce plaiſant ſejour;
I'ay rencontré des Paons, dont les diuers plumages,
De la beauté des fleurs ſont les viues images.
Ie les ay veu marcher en ſuperbe appareil,
Expoſer leurs Miroirs aux rayons du Soleil,
Comme s'ils euſſent dit à leurs chaſtes femelles,
Sommes nous auſsi beaux que vous nous ſemblés belles?
Et tant plus cét éclat les rendoit orgueilleux,
Plus ils me rauiſſoient d'vn plaiſir merueilleux.
I'ay veu d'autres oyſeaux, de diuerſe peinture, La Voliere.
Dont le vol eſt borné d'vne riche cloſture,
Démentir par leur chant ceux qui contre raiſon,
Soûtiennent qu'il n'eſt point d'agreable priſon.

Dans le reſſentiment de leur bon-heur extréme,
Leurs nœuds leur ſont plus dous que la liberté meſme;
Et ie crois en effet que ce lieu de plaiſir,
Ne les retient pas tant, que leur propre deſir.
Ces Sireines des bois, ces volantes merueilles,
Ces diuertiſſemens des yeux, & des oreilles,
M'ōt appris que l'Amour, ce dous charme des maux,
Eſt, comme le plaiſir, la fin des Animaux.

Ce qui m'a pleu ſur tout, ce ſont deux Tourterelles
Qui ſe faiſoient careſſe, & du bec, & des aiſles;
Et de chaſtes baiſers leurs flâmes vniſſant,
Goûtoient ce que l'Amour a de plus rauiſſant.
Cependant mille oyſeaux aux plumes émaillées,
Chantoient de ſi doux airs, ſous leurs vertes feuillées,
Qu'a la fin i'ay pensé, que ces concerts charmans,
Seruoient d'Epithalame à ce couple d'Amans.

Conſiderant touſiours cette bande captiue,
I'ay veu des Paſſereaux, de nature laſciue,
Eſteindre la chaleur qui boüilloit dans leur ſein,
Et ſans honte accomplir leur amoureux deſſein;
Deſ-honneſtes obiets, dont la veuë eſt bleſſée,
Et dont i'ay détourné, mes yeux, & ma pensée.

A meſme temps i'ay veu ſur le bord d'vn ruiſſeau,
La Cane s'humecter de la bourbe de l'eau,
D'vne voix enroüée, & d'vn battement d'aiſle,
Animer le Canard, qui languit aupres d'elle;
Pour appaiſer le feu qu'ils ſentent nuit & iour,
Dans cette onde plus ſalle encor que leur amour.

Lors i'ay dit en mon cœur; si l'Amour ne separe
Ce qu'il a de commun, de ce qu'il a de rare,
Le plaisir innocent d'auec l'impureté,
L'esprit n'y trouue pas ce qu'il a souhaitté.
Mais cōme vn beau seiour d'autāt plus nous cōtēte,
Qu'il nous montre d'obiets qui passent nôtre attente,
Poursuiuant mon dessein, d'vn regard curieux
I'ay voulu visiter le reste de ces lieux;
I'ay trauersé l'Ouale, où l'Echo qui resonne,
Rend ces bois animez, plus que ceux de Dodonne;
Là dans vn Bastion peint de mille couleurs,
I'ay veu de beaux iasmins, & d'autres belles fleurs,
De qui l'aimable odeur, m'a bien-tost fait connestre,
Que des plus dous parfums Amour est le vray maitre.
Tout ce qui m'a dépleu, c'est que portant la main
Sur l'vne de ces fleurs, elle a pâly soudain;
Et cessant d'étre belle, étant épanouye,
Son éclat s'est terny, sa force éuanouye:
Si bien que retournant dessus mes premiers pas,
I'ay veu sa fueille seiche, & son teint sans appas:
Image des Beautez, dont le lustre visible
Ne peut estre estimé, s'il n'est inaccessible.
Ce seiour haut & bas, dans ses diuersitez
M'a fait voir de l'Amour les inégalitez;
Et l'étroitte vnion des plaisirs & des peines,
Que nous donne son feu, dés qu'il glisse en nos veines.
Du Tertre le plus haut de ce vaste seiour,
Où le Soleil épand les derniers traits du iour,

MONOLOGVE.

I'ay veu l'alignement d'vne superbe Allee,
Le Cours. *Parmy son sable d'or de rubis étoillée,*
Couuerte de rameaux, dont les feüillages verds,
Conseruent leur peinture, en dépit des hyuers;
Receuoir en son sein nos Dieux, & nos Deesses,
Dans leurs chars de triomphe, éclattans de richesses:
Et leur fournir d'vn Cours aussi delicieux,
Que les Astres errans en trouuent dans les Cieux.
Ie croy que le Soleil, en faisant sa carriere,
N'éclaire ce beau lieu du feu de sa lumiere,
Que pour nous faire voir dedans sa nouueauté,
Son extréme longueur, ainsi que sa beauté;
Objet mysterieux, qui nous donne à connestre,
Que depuis que l'Amour s'est rendu nôtre Maistre,
Et que dans ses sentiers il engage nos pas,
On y void des longueurs, que lon n'esperoit pas;
Comme on y sent des maux, dont la suitte infinie
Nous fait incessamment blâmer sa tyrannie,
Et publier par tout, qu'on rencontre chez luy,
Peu de contentement, auec beaucoup d'ennuy.
Apres que ces Objets ont arresté ma veuë
Dessus les raretez, dont leur grace est pourueuë;
I'ay tout à coup ouy retentir dans les Airs
Vn mélange de voix, & d'instrumens diuers:
Dont l'aimable douceur tant de charmes inspire,
Que ie les veux goûter, plûtôt que de les dire.
Esprits qui recherchez la Musique des Cieux,
Vous la pouuez ouïr, sans sortir de ces lieux.

LA COMEDIE DES TVILLERIES.

ACTE I.

SCENE I.

AGLANTE seul.

REyne des changemens, inconstante Deesse,
Tes effets font bien voir nôtre extréme foiblesse;
Quel dessein est si iuste, & si bien concerté,
Qu'il ne despende encor de ta legereté?

On peut deliberer, mais ſeule tu diſpoſes;
De ton deſordre naiſt l'ordre de toutes choſes:
Tu regnes, ſans égalle, & ton aueuglement,
Renuerſe les projets du plus clair Iugement.
Ie m'étois diſposé pour vn prompt Mariage;
Ce matin m'engageoit, & ce ſoir me dégage.
Ce qui m'étoit ſi doux, m'apporte de l'ennuy;
Ie ſouhaittois hier, & ie crains aujourd'huy:
La flame du matin, le ſoir n'eſt plus que cendre;
Et ie me trouue pris, au point que ie veux prendre.
Deux regards m'ont guery; mais vn feu violent,
A ſuccedé bien-toſt à cét autre plus lent:
Sur celuy qui s'étaint, vn bien plus grand s'allume;
Le premier m'échaufoit, & l'autre me conſume,
Quels étoient ces regards, & quels plus doux vainqueurs,
Peuuent charmer les yeux, & triompher des cœurs?
Ils ont pris ma Raiſon, par vne douce amorce;
Aucun amour naiſſant, n'eût iamais tant de force.
Quel objet fut iamais, tant & ſi-tôt aymé?
Que feroit ſon diſcours, ſi ſes yeux m'ont charmé?

SCENE II.

AGLANTE, ASPHALTE.

ASPHALTE.

QVoy, ie vous trouue icy ? quelle eſt mon auanture ;
Mais que l'Art a bien-toſt ajuſté la Nature !
Qu'il a d'vn Voyageur fait vn beau Courtiſan !
Et que l'Amour, Aglante, eſt vn prompt Artiſan !

AGLANTE.

De quoy que parle Aſphalte, il parle auecque grace,
Mais ſur tout, à railler aucun ne le ſurpaſſe :
Il fait, meſme en gauſſant, aymer ſon entretien ;
Auſsi, cher Confident, quel eſprit vaut le tien ?

ASPHALTE.

L'œil ne peut dementir ce changement extréme ;

Aglante ce matin, eſt autre que luy-meſme.
Quoy? d'hier ſeulement, vous eſtes arriué,
Et dépuis le Soleil à peine s'eſt leué,
Et ie vous puis treuuer aiuſté de la ſorte,
Les cheueux ſi poudrez, l'habit tel qu'on le porte;
Enfin auſſi poly, que ſi toûjours la Cour,
Auoit dépuis dix ans, eſté vôtre ſejour.
Mais, que vous goûtez mal le bien qui vous arriue!
D'où naiſt mal à propos, cette humeur ſi penſiue,
En vn iour que ie voy ſi cher à vos amis,
Où de ſi doux appas, à vos vœux ſont promis?
De charmes infinis Cleonice eſt pourueuë;
Et brûlante d'amour, elle attend vôtre veuë:
Quel ſi ſecret ennuy, vous peut affliger tant,
En vn ſi grand ſujet de paroiſtre content?

AGLANTE.

Ce que tu tiens amy, pour mon bon-heur extréme,
Fait naiſtre mon mal-heur, & c'eſt mon mal-heur meſme:
Il faut ouurir mon cœur à ta fidelité;
Mais Dieux! que diras-tu de ma legereté?

ASPHALTE.

L'amour veut il ailleurs ranger vôtre franchiſe?
De quelque objet nouueau vôtre ame eſt-elle épriſe?

Quel changement arriue en vôtre affection?
Ne vous défiez point de ma discretion.

AGLANTE.

Elle m'est trop connuë; il faut que ie t'auouë,
Comme de mes desseins la Fortune se iouë;
L'espoir & le succez souuent sont differens,
Ie ne puis sans mourir, contenter mes parens.

ASPHALTE.

O Dieux, que dites vous!

AGLANTE.

Ce que ie deurois taire;
Escoute toutes-fois, ie te vay satisfaire;
I'ayme les plus beaux yeux, qui puissent voir le iour:
Mais appren depuis quand, & quelle est mon Amour.
Il te souuient qu'hier, apres mon arriuée,
Apres auoir soupé, la table estant leuée,
Mon Oncle trouua bon, que ie fusse conduit,
Au logis des Baigneurs, où i'ay passé la nuit.
Au sortir de ce lieu, ma premiere pensée,
Dans vn Temple prochain, vers le Ciel s'est dressée;
Assez prés du logis de la jeune Beauté,

Auec qui mon Hymen deuoit eſtre arreſté.
Là ie priois le Ciel, que rien n'y fuſt nuiſible,
Attendant le moment qu'elle ſeroit viſible;
Quand de ſoudains rayons ont ébloüy mes yeux,
Et diuerty mon cœur de l'entretien des Dieux.
Telle, ou plus belle encor, que ne paroiſt l'Aurore,
Aux yeux de ſon Chaſſeur, ſur le riuage More;
La plus rare Beauté, que le Ciel vit iamais,
A dans ce ſacré lieu fait briller ſes attraits.
Au point qu'elle eſt entrée, vn changement extréme,
M'a fait en vn inſtant different de moy-meſme;
Et ſans la voir encor, mon corps, & mes eſprits,
D'vn prompt ſaiſiſſement ſe ſont trouuez ſurpris.
Les charmes infinis, qui parent ſon viſage,
Des yeux, & de l'eſprit m'ont ſuſpendu l'vſage;
Et confus que i'étois, ie ſçauois ſeulement,
Que ce que ie voyois, eſtoit rare, & charmant.
Plus ie la contemplois, plus i'accroiſſois mes peines;
Vne extréme froideur s'eſt gliſée en mes veines;
Mais i'ay ſenty bien-toſt vn effet differant;
Ma froideur s'eſt changée en vn feu deuorant
Et ſentant cette ardeur, en naiſſant eſtre telle,
Ie me croyois frappé d'vne fieure mortelle;
Et que l'air corrompu, m'auoit mis à ce point,
Où mon mal toutesfois ne me déplaiſoit point.
Ce poiſon me venoit d'vne cauſe ſi belle,
Que ie tenois toûjours l'œil attaché ſur elle:

I'aymois à me blesser, & mon soulagement,
Dépendoit du moyen d'accroistre mon tourment.
Ha! que l'Amour en moy faisoit d'effets contraires!
Ses coups surpassoient bien leurs forces ordinaires;
Ie fus malade, sain, froid, chaud, viuant, & mort,
Et tout par vne cause, & par vn mesme effort.
Mais, pour te dire tout, cette Amour violente,
Change iusqu'à mon Nom, ie ne suis plus Aglante:
On m'appelle Philene, & Megate est le Nom,
De l'adorable Obiet, qui charme ma Raison.

ASPHALTE.

Cét Enigme est obscur, ie ne le puis entendre.

AGLANTE.

Tu le sçauras bien tost, ie te le vais apprendre.
Quand apres son excez, ce transport vehement,
M'a laissé recouurer vn peu de iugement;
Par mon instruction, mon homme auec addresse,
De la Suiuante a sceu le nom de la Maitresse;
Et i'ay veu son Lacquais, que ie me doutois bien,
S'aprocher de mes gens, pour s'enquerir du mien.
Dieux! par quel heur mon Ame, encor toute égarée,
Se vit elle si tost, & si bien inspirée?
Et comment, si troublé, me ressouuins-ie alors,

Que Philene est vn Nom, qui marque mes transports!
Mon homme instruit par moy, me nomma de la sorte,
Et non pas sans dessein, ce changement m'importe;
Megate par le mien, peut estre m'eût connu,
Elle eut sceu le sujet, pourquoy ie suis venu;
Et pour quelle Beauté, mon Oncle me destine,
Et cette connoissance eût causé ma ruine.
I'ay preueu ce danger, & le nom que i'ay pris,
Conuient à cette ardeur, dont ie me sens épris.

ASPHALTE.

Dieux! qu'est ce que i'entens?

AGLANTE.

Il reste de te dire,
Que i'attens en ce lieu l'Objet de mon Martyre;
Car au sortir du Temple, & passant pres de moy,
Elle a dit assez haut (à dessein, ie le croy,
Parlant à sa compagne) allons aux Tuilleries,
Entretenir tantost nos tristes resueries:
Au reste, si i'entens ce langage muet,
Par qui l'œil d'vne Dame, exprime son secret;
Et si la viue ardeur, dont mon ame est pressée,
Par trop de vanité ne flatte ma pensée;
I'ose viure, attendant l'honneur de la reuoir,
Comme sans arrogance, aussi sans desespoir.

Certains traits de ses yeux, à qui la modestie
Laissoit de leur douceur la meilleure partie,
M'ont dit secrettement, que ie ne déplais pas
A cét Ange mortel, pourueu de tant d'appas.

ASPHALTE.

D'abord oyant parler d'vne ardeur si tost neé,
Elle blessoit mon sens, & ie l'ay condamnée.
Mais ce recit entier, par vn prompt changement,
M'oblige à condamner mon premier sentiment.
Vostre Amour me rauit, plus qu'elle ne m'estonne,
Suiuez, sans autre aduis, celuy qu'elle vous donne.

AGLANTE.

Que c'est vn doux plaisir à l'esprit d'vn Amant,
Que d'auoir vn amy, qui flatte son tourment!
Puis que tous les moyens que la Prudence essaye,
Au lieu de le guerir, croissent plustost sa playe;
Toy, que i'ay veu tousiours espouser mes desirs,
Compagnon de mes soins, comme de mes plaisirs;
Et qui m'as si souuent, en de si longs voyages,
De ton affection rendu des témoignages;
Par de nouueaux effects, prouue cette amitié,
En cette occasion, si digne de pitié;
Et croy, que du succez qui suiura mon enuie,

Dépend absolument, ou ma mort, ou ma vie.

ASPHALTE.

Croyez que ie prens part à tous vos interets,
Et que tous vos desirs, me sont de doux arrests.

AGLANTE.

Va donc chez mes parens, sous couleur de visite,
Tascher à differer, la Loy qui m'est prescrite:
Retarde par tes soins, au moins d'vn iour, ou deux,
L'accord de cét Hymen, si contraire à mes vœux.
Dy leur, qu'auec plaisir i'attens ce Mariage;
Mais pleignant le trauail, que m'a fait mon voyage,
Dy que ce peu de temps, qu'ils me doiuent laisser,
Est pour me reconnoistre, & pour me delasser.

ASPHALTE.

Adieu; pour vn effect d'vne telle importance,
Croyez que i'employeray toute mon eloquence.

AGLANTE.

Fay donc tost, ie t'attends.

ASPHALTE.

Si mon effort est vain,
Blasmez en mon mal-heur, & non pas mon dessein.

SCENE III.

ASPHALTE sortant, & voyant entrer Cleonice,

QVelle rare merueille en ce lieu se presente?
O qu'Aglante est heureux, en son amour naissante!
Si c'est de cét Objet qu'il est adorateur,
Et si de ces transports ce belle œil est autheur.

SCENE IV.

AGLANTE, CLEONICE, MELINDE.

AGLANTE.

Mais n'apperçois-ie pas cét Objet sans exemple,
Que mes yeux ce matin adoroient dans le Temple?
Dieux! que ie suis heureux d'admirer de plus prés,
Ces doux Astres d'Amour, & ces charmans attraits;
O dieux! qu'a fait le Ciel, qui vous soit comparable?

CLEONICE.

On souffre, sans contrainte, une erreur fauorable;
Mais ie reçois, Monsieur, vôtre ciuilité,
Si ce n'est sans plaisir, au moins sans vanité:
Mais une affliction sensiblement me touche,
Qui m'éloigne de vous, & me ferme la bouche.

AGLANTE.

Vous perdray-je si tost, & ne puis-ie vn moment,
Posseder l'entretien d'vn Objet si charmant?

CLEONICE.

Ie viens passer vne heure en ce lieu solitaire,
Plus afin d'y réuer, qu'afin de me distraire;
Et ce beau lieu me plait, parce qu'il entretient,
Par vn secret pouuoir, l'humeur où l'on y vient.
Ie le cerche à dessein, dans l'ennuy qui me presse,
Pour la vertu qu'il a de nourrir ma tristesse.

AGLANTE.

Pour réuer à souhait, & nourrir vos ennuis,
Vous ne deuez cercher que les lieux où ie suis;
Puis qu'au point où m'a mis vn déplaisir extréme,
Ie suis la réuerie, & la tristesse mesme.

CLEONICE.

Quel est ce déplaisir? vn ennuy partagé
A quelqu'vn qui nous plaint, est beaucoup soulagé.

AGLANTE.

Vn si triste discours, belle, & rare merueille,
N'est pas vn entretien digne de vostre oreille:
Vous voulez m'obliger à vous estre ennuyeux,
Et tout autre discours, vous diuertira mieux.

CLEONICE.

L'ennuy, comme la ioye, a quelquefois ses charmes:
On void de beaux tourmens, & d'agreables larmes;
Pouuez-vous contenter ma curiosité?
Excusez toutesfois mon importunité:
On ne peut vous entendre, en l'endroit où nous sommes;

AGLANTE.

Ie plains, & iustement, celuy de tous les hommes,
Qui doit le plus se plaindre, & qui m'est le plus cher,
Mais son malheur est tel, qu'il vous pourroit toucher:
Espargnez-vous, Madame, vne peine inutile.

CLEONICE.

Dieux! déia vos refus me rendent inciuile,
Et c'est trop vous presser:

AGLANTE.

Ie ne vous tairay rien,
Puis que vous agréez ce mauuais entretien:
Cét homme, à qui le Ciel se monstre si seuere,
Me void également sensible à sa misere:
Nous auons mesmes biens, nous auons mesmes soins;
Et tous nos interests ont tousiours esté ioints:
Ses parens l'ont porté, par vn aueugle zele,
Au party d'vne Fille, honneste, riche, & belle;
Et luy, qui iusqu'alors viuoit sans paßion,
Se laissoit gouuerner à leur discretion:
Mais par vn changement, que l'Amour a fait naitre,
Ce jaloux Dieu des cœurs, s'est bien fait reconnêtre:
Il veut qu'vn bel Hymen soit l'effet de ses traits:
Il laisse disposer, mais il dispose apres:
Il fait, quand il luy plait, ou rompt vn Mariage:
Il brusle, il refroidit, il délie, il engage;
Surprend nôtre raison, change nos volontez,
Et des élections fait des neceßitez.
Celuy que ie vous dis éprouue à son dommage,
Que les cœurs, tost, ou tard, luy doiuent rendre hommage:
Car vne heure, vn instant, a changé son desir,
Et l'Amour le contraint, en le laissant choisir.
Au point que le Soleil commençoit la iournée,
Qui deuoit arrester son futur Hymenée,

Faisant ses vœux au Temple, vne ieune Beauté
A ses yeux éblouis, & son cœur enchanté.
Des attraits infinis ont sa raison surprise,
Il s'est senty par eux arracher sa franchise:
Vers cét vnique obiect, ses vœux se sont tournez,
Et ses premiers desseins ont esté ruinez.
Cett'amour le possede, auec tant de puissance,
Et cette Paßion est telle en sa naissance,
Qu'il craint, desire, espere, & tremble en mesme temps;
Dieux! que d'vne Beauté les charmes sont puissans!
Il demeure interdit, en cette peine extréme,
Et ne peut contenter ses parens, ny soy-mesme.

CLEONICE.

O Caprice plaisant de l'Amour, & du Sort!
L'admirable rencontre, & l'extréme rapport!
Ie songeois au mal-heur d'vne de mes parentes,
Qui passoit en froideur les plus indifferentes;
Et qui depuis deux iours, ressent à mesme point,
Les forces de ce Dieu, qu'elle ne craignoit point:
Ses parens d'vn accord, se choisissoient vn Gendre,
Que son respect aueugle alloit luy faire prendre,
Quand l'Amour se seruant de son autorité,
A dessous d'autres loix rangé sa liberté:
Elle ayme vn inconnu, telle est son auanture;

Et vous pouuez iuger combien elle m'est dure ;
Puis que de vôtre Amy vous sentez les ennuis,
Et que vous vous trouuez en la peine où ie suis.

SCENE V.

AGLANTE, CLEONICE, MELINDE, ORPHISE.

ORPHISE, à Cleonice.

I'Arriue icy bien tard; mais si ie ne m'abuse,
Cette faute vous plaist, il n'y faut point d'excuse ;
Vôtre esprit trouue assez dequoy s'entretenir,
Et ie croy qu'vn Hymen en peut beaucoup fournir.
Mais dessus quels discours vous ay-ie interrompuë?
Quel est ce Caualier, si charmant à ma veuë ;
Et qui paroist d'abord, pourueu de tant d'appas,
Qu'on ne peut, le voyant, ne s'en enquerir pas.

CLEONICE.

Me trouuant par hazard en cette solitude,

Et croyant que i'étois en quelque inquietude,
Sans m'auoir iamais veuë, il m'est venu parler,
Ou pour me diuertir, ou pour me consoler.
Mais il souffre le plus, & me contoit sa peine;
Si ie m'en ressouuiens, il s'appelle Philene:
Mais que le Ciel m'oblige, en t'enuoyant icy!
Que tu me peux tirer d'vn extréme soucy!
Exerce en ma faueur tes bontez ordinaires;
Voy chez nous en quel point sont toutes les affaires;
Où l'on croit que ie sois, si l'on ne m'attend pas.

ORPHISE.

Vous serez satisfaite, & i'y vay de ce pas.

SCENE VI.

AGLANTE, CLEONICE, MELINTE,

CLEONICE.

DIeux! qu'elle me causoit vne peine indicible!

AGLANTE.

Celle que ie souffrois, estoit bien plus sensible;
Veu qu'outre le plaisir d'vn entretien si doux,
Que l'oreille, & les yeux goustent auecque vous,
Elle m'ostoit encor le moyen de m'instruire,
Comment en ce malheur il me faudra conduire;
Puisque de ces Amans l'accident est pareil.
I'implore là dessus vôtre sage conseil:
De quel heureux auis à la fin s'est seruie,
Celle qui vous est chere autant que vôtre vie?

CLEONICE.

Elle ne ſçait encor en cette Paßion,
Où trouuer ny ſecours, ny reſolution,
Et pource que ie tiens qu'eſtant ce que nous ſommes,
Il nous eſt bien ſeant de prendre aduis des hommes;
Sçachant voſtre vertu, i'oſe vous conſulter,
Pour apprendre celuy que ie luy dois porter.
Ne me refuſés point cét aduis ſalutaire,
Que cét extréme ennuy luy rend ſi neceſſaire.

AGLANTE.

Ha! que n'eſt mon pouuoir égal à mon deſir!
Que i'allegerois toſt leur commun déplaiſir!
Mais, ô rare Beauté, puis-ie, ſans vous déplaire,
Et ſans que ie paroiſſe inſensé, temeraire;
Oſer vous enquerir, ſi vous ſçauez chanter.

CLEONICE.

Quoy, cette qualité vous peut elle importer?

AGLANTE.

Elle peut ſoulager noſtre commun martyre;

Mais ie m'abuse helas! & ie croyois vous dire,
Celuy de nos amis;

CLEONICE.

Mes parens autresfois,
S'ils ne m'ont point flatteé, ont estimé ma voix.

AGLANTE.

I'oze donc esperer vne agreable issuë,
D'vne Prediction, qu'à Naples i'ay receuë;
Que i'auois oubliée, & dont mon souuenir,
En cét heureux moment, vient de m'entretenir.
Oyez ce qu'vn Vieillard, vn iour m'y fit entendre,
Lors que i'étois encor en mon âge plus tendre.
Mon enfant, me dit-il, le plus beau de vos ans,
Ne se passera pas, sans des soucis cuisans;
Vn homme vous est cher à l'égal de vous-mesme,
A qui le Sort reserue vne misere extréme:
Vous prendrez telle part en son cruel ennuy,
Que vous le sentirez à mesme point que luy:
Mais du chant d'vne Fille, à qui toute autre cede,
Rendu par vn Echo, viendra vôtre remede.
C'est ce qu'il me predit, & pour nôtre repos,
Vous voyez qu'vn Echo s'offre à nous à propos.

Seruons leur paßion, & tentons la Fortune;
Pour le ſoulagement de leur peine commune,
Faiſons qu'Amour la traitte auec moins de rigueur,
Et par vne Chanſon, enchantez ce Vainqueur.
On dit qu'il n'a point d'yeux, mais il a des oreilles;
C'eſt pour les malheureux, qu'il fait plus de merueilles,
Reſpondant aux accens de vôtre belle voix,
Echo nous inſtruira peut-eſtre de ſes loix.
Obligez ces Amans, tentez la Prophetie,
Celle qu'on mépriſoit, eſt par fois reußie.
Mais il nous faut haſter, pour leur ſoulagement;
Qui peut obliger toſt, oblige doublement.

AGLANTE.

S'il ne faut qu'obeir, ie puis vous ſatisfaire;
Mais ie n'ay pas de voix, capable de vous plaire:
I'y taſcheray pourtant.

CLEONICE.

Puis que voſtre bonté
Daigne les obliger de cette charité;
Si vous le permettez, i'iray vers la fontaine,
Comprendre en quelques vers noſtre commune peine;
Et combien le malheur de ces ieunes Amans,
Depuis leur Paßion, nous couſte de tourmens.

CLEONICE.

Et moy, pour vous laisser encor plus solitaire,
I'iray iusqu'au logis, me monstrer à ma Mere.
Ie ne tarderay point, c'est fort pres de ce lieu;
Faites vôtre Chanson,

AGLANTE.

Elle vaut faicte,

CLEONICE.

Adieu.

ACTE II.

ACTE II.

SCENE I.

CLEONICE, MELINDE.

CLEONICE.

Qve i'ay l'esprit confus ! que ie suis miserable !
Le trouble où ie me vois, n'est-il pas déplorable?
Ie ne sçay que choisir, ie ne sçay que quitter;
Ie reconnois mon mal, & ne puis l'euiter :
Ie reconnois mon bien, & ne sçaurois le suyure ;
Ie crains égallement, de mourir, & de viure ;
Et ce qui plus m'étonne, est qu'en moins d'vn moment,
I'ay perdu Liberté, Plaisir, & Iugement.

ME-

MELINDE.

Ie ne vois rien en vous, qui me paroiſſe étrange:
Vous changez, il eſt vray; mais tout le monde change:
Hier, vous ſuyuiez d'autruy l'aueugle paßion,
Aujourd'huy vous ſuiuez vôtre inclination.
Pour plaire à des Parens, hier vous aymiez A-
glante;
Pour Philene aujourd'huy, vôtre amour eſt ardente.
Aucun à mon auis, ne vous en peut blâmer,
C'eſt ne hayr perſonne, & c'eſt toujours aymer.

CLEONICE.

Mocque toy, ſi tu veux, de mon cruel martyre,
Il n'importe, pourueu que Philene en ſouſpire.

MELINDE.

Qui ne ſe rendroit pas à vos charmes ſi doux?
Peut-eſtre que Philene eſt plus bleſſé que vous.

CLEONICE.

Sans m'en apperceuoir, aurois-ie ſceu le prendre?
Pourroit-il bien m'aimer?

MELINDE.

Pourroit-il s'en deffendre?
Sçait on pas que vos yeux, ont assez de pouuoir,
Pour se faire adorer, si tost qu'ils se font voir?
Et que de vôtre Voix, ioincte à vôtre Quitterre,
Les traits pourroient dõpter tous les Roys de la terre?
Qu'en fin.

CLEONICE.

Tais toy, Melinde, ou ie vay te quitter,
Car c'est presque tout vn, que trahir, & flatter:
Si ta bouche disoit ce que pense ton ame,
Tu blâmerois l'ardeur de ma nouuelle flame.

MELINDE.

Et par quelle raison, vous en peut-on blâmer?
A t'on fait quelque Loy, qui défende d'aimer?

CLEONICE.

Mais, aymer le premier que le Sort nous amene!

MELINDE.

Chacun a son Amant, & le vôtre est Philene:
Mais qu'est-ce qui vous rend l'esprit tant agité?
Ie vous voys regarder d'vn & d'autre costé;
Vous changez à tous coups, de couleur & de place;
Vous paroissez de feu, vous paroissez de glace;

A peine pouuez vous m'écouter vn moment,
Et vôtre trouble enfin, m'en donne infiniment.

CLEONICE.

Las! en me promenant dans ce lieu de delices,
Qui n'est plus rien pour moy, qu'vn Enfer de supplices,
Et brûlant d'y trouuer cét aymable Vainqueur,
Qui, sans m'ôter la vie, a sceu m'ôter le cœur,
De quelles passions ne suis-ie pas atteinte?
Ie flotte entre l'Espoir, le Desir, & la Crainte;
En moy l'Impatience allume tous ses feux;
Et ie fais moins de pas, que ie ne fais de vœux,
Pour voir cét Inconnu, qui veut que ie l'oblige,
De consulter l'Echo, sur l'ennuy qui l'afflige.
Mais veut-il que i'en parle à l'Echo de ces lieux,
Plutôt que consulter les hommes & les Dieux?
A quoy tend ce dessein? qu'est-ce qu'il en espere?
Consulter vn Echo, n'est pas chose ordinaire;
Voudroit-il me charmer? est-il Magicien?
Quant à moy, ie crains tout, & ie n'espere rien:
I'obeys, & resiste à ce qu'il me commande,
Et ma perplexité ne peut estre plus grande.
Si ie sçauois pourtant, qu'il fut tel que ie dis,
Aumoins pour m'en deffendre, en ce beau Paradis
I'inuocquerois le Ciel, pour me donner des armes:
Mais peut-on resister aux douceurs de ses charmes?
Ie ne le voudrois pas, quand bien ie le pourrois,

Et ne le pourrois pas, quand bien ie le voudrois.
Ha! mon soupçon est faux, son port, sa bonne mine,
Ses attraits, ses discours, dont la grace est diuine,
Ses Vertus en vn mot, sont les charmes puissans,
Dont il sçait enchanter mon esprit, & mes sens.
Non, ma simplicité n'a iamais eu d'exemple:
Quand il seroit sorcier, auroit-il dans vn Temple,
Où ie m'étois commise à la garde des Dieux,
Eu pouuoir de charmer mon ame par les yeux?
Mais ma confusion s'augmente d'heure en heure;
Ils ont permis pourtant qu'en leur propre demeure,
Où mon cœur adoroit leur pouuoir immortel,
Philene soit venu me charmer à l'Autel:
Mais, ou quelque nuage enueloppe ma veuë,
Ou ie voy cét Objet, que i'ayme, & qui me tuë,
Le voicy.

MELINTE.

Qu'auez vous?

CLEONICE.

Si tost que ie le voy,
Ie ne sçay quel transport me rauit hors de moy,
Qui me rend interdite, & fait que tout ensemble,
Ie rougis, ie paslis, ie m'asseure, & ie tremble.

MELINDE.

Il n'est pas moins confus, en s'approchant de vous;
Il change de couleur, & chancelle à tous coups.

SCENE II.

MEGATE, CLEONICE, PHILENE, MELINDE.

MEGATE.

C'Est venir vn peu tard, accomplir sa promesse.

PHILENE.

Deux puissantes raisons excusent ma paresse;
Pour vous ie trauaillois, & i'étois auec vous.

MELINTE.

Megate, asseurement il se mocque de nous.

MEGATE.

Vous estiez auec moy! c'est chose peu croyable,
L'excuse est obligeante, & non pas veritable:
Nous n'estions pas ensemble, ou i'étois en deux lieux.

PHILENE.

I'étois auecque vous, vous occupiez mes yeux,
Non pas ceux de mon corps, mais ceux de ma pen-
sée,
Qui de suiure vos pas, ne peut-estre lassée.

MEGATE.

Il feint d'estre amoureux, c'est vn causeur de Cour,
Qui se veut faire aimer, & n'auoir point d'amour,
He bien, vôtre Chanson?

PHILENE.

A la fin ie l'ay faite;
Mais le fascheux métier, que celuy d'vn Poëte;
Et qu'il faut bien auoir l'esprit fait de trauers,
Pour croire que sans peine, on face de beaux Vers!
Il faut pour les polir, donner cent coups de Lime,

Et chercher cent raisons, pour trouuer vne rime.
Ceux-cy m'ont bien cousté, quoy qu'ils vaillent bien peu;
Au plus frais de ce bois, i'auois la teste en feu;
Et craignant d'étre veu, mesme au lieu le plus sombre,
A tous coups en réuant, i'auois peur de mon ombre.
Enfin ie les ay faits, pour ces pauures amants,
Dont il faut à l'Echo faire ouyr les tourments;
Pour sçauoir s'il voudra se rendre l'Interprete,
D'vne Prediction, qu'à Naples on m'a faite;
Et si par sa réponce, ils pourront se tirer
Du Dedale, où l'Amour les a fait égarer.

MEGATE.

Il étoit mal-aisé, sur vn sujet semblable,
De faire vne Chanson, qui fust plus agreable;
Mais pour l'air, qui l'a fait?

PHILENE.

C'est moy-mesme;

MEGATE.

Il est beau;
Et ie n'y trouue rien, qui ne soit tout nouueau.
Ie ne chante pas bien, mais pourtant ie me picque

De sçauoir quelque chose, en l'art de la Musique.

PHILENE.

Philenè va à l'Echo.

Ie vay marquer la place, où vous deuez chanter.

MEGATE.

Melinde, si mes yeux ne peuuent l'arrester,
Penses-tu que ma voix en puisse estre capable;
Quand bien elle seroit cent fois plus agreable?

MELINDE.

Ie ne m'y cognois point, ou le mesme tourment,
Qui vous fait souspirer, le touche viuement;
Mais sa feinte, peut-estre, est pareille à la vostre;
Il se plaint, comme vous, sous le nom de quelqu'autre;
Il duppe qui le duppe; & i'ay quelque soupçon,
Qu'il a fait pour vous deux ceste belle Chanson.

Philene toussera à l'Echo, pour sçauoir s'il est bon, & puis il [illegible]ira

PHILENE.

Que ie te parle

ECHO. parle.

O dieux!

O Dieux! qu'il me contente!

MELINDE.

Ie le treuue excellent:

MEGATE.

Ça que i'y chante,

Echo: Chante.

CHANSON.

SI l'objét le plus beau qui reſpire le iour,
Bruſle pour moy du feu d'Amour;
Malgré tous les conſeils de la Diſcretion,
Dois-ie ſuiure ſa Paſſion?

Echo, ſa Paſſion.

MEGATE.

Suiuant ſa Paßion, tu dis que ie dois viure;
Mais il faut la cognoiſtre, auant que de la ſuiure.

PHILENE.

Quel Ange chante dans les Cieux

Mieux que cette Beauté, qui fait tant de merueilles,
Son visage a charmé mes yeux;
Et sa voix maintenant, enchante mes oreilles.
Voudrois-je donc bien m'échapper,
D'vn seruage si doux, & si digne d'enuie?
Mesmes cizeaux doiuent coupper,
La chaisne qui m'arreste, & le fil de ma vie.

Second Couplet.

MEGATE.

Si l'Amour en tous lieux veut étre en liberté;
Le tiendray-je en captiuité?
Que dois-je aimer, Echo, prononce cét Arrest,
Et i'aymeray ce qui te plaist.

Echo. Ce qui te plaist.

MEGATE.

Aimer ce qui me plait! réponce fauorable!
Et qui flatte l'ennuy de mon mal incurable;
Pour la troisiesme fois, voyons ce qu'il dira:
S'il parle encore ainsi, mon cœur l'adorera:

Ie ſuiuray ſes conſeils, malgré tous les obſtacles,
Et ie l'eſtimeray le plus grand des Oracles.

Troiſiéme Couplet.

Si quelqu'vn veut ſçauoir, quel eſt ce foible Eſprit,
Qu'en vn moment l'Amour ſurprit;
Et que deux Paſſions rangent deſſous leur Loy;
Diuin Echo, dy que c'eſt toy.

Echo. *C'eſt toy.*

MEGATE.

C'eſt moy!

PHILENE.

Non, non, il parle à moy ſans doute.

MEGATE.

Il parle à qui luy parle.

PHILENE.

Il parle à qui l'écoutte.

MEGATE.

Souuent il parle à deux.

Echo: à deux?

MEGATE.

Asseurement,
C'est à vous deux qu'il parle, il le dit clairement:
Mais si veux-ie pourtant, m'en éclaircir encore,
Auec cét Incognu, que i'aime, & que i'adore.
Ne m'apprenez-vous point, comment vous appellez
Ce veritable amy, de qui vous me parlez?

PHILENE.

L'excez de son amour, qui ne fait que de naistre,
Beaucoup mieux que son nom, vous le fera cognestre.
Mais vous importe-t'il de sçauoir quel il est?

MEGATE.

Mais à me le celer auez-vous interest?
Cognoissons les blessez, pour guerir leurs blessures,
Et sçachons en les noms, comme les auantures.

PHILENE.

Nommez-moy donc aussi ceste ieune Beauté,
Qui se vit dans vn Temple oster la liberté;
A-t'elle autant que vous, de graces, & de charmes?
Et sans cesse à son mal donnerez-vous des larmes?

MEGATE.

Nous partageons ensemble, & douleur, & plaisir:
Nous n'auons qu'vn espoir, nous n'auons qu'vn desir;
Pareilles toutes deux, d'esprit, & de visage,
Toûjours mesme fortune, elle & moy nous courons,
Toutes deux prez du port, nous auons fait naufrage:
Nous naquismes ensemble, ensemble nous mourons.

PHILENE.

Ainsi ce ieune Amant, est vn autre moy-mesme,
Et son mal-heur me plonge, en vn mal-heur extréme;
Nous partageons ensemble, & douleur, & plaisir:
Nous n'auons qu'vn espoir, nous n'auons qu'vn desir,
Et nous sommes pareils d'esprit & de visage:
Toujours mesme Fortune ensemble nous courons;
Tous deux proches du port, nous auons fait naufrage;

Nous nasquismes ensemble, ensemble nous mourons.

MEGATE.

Mais dites-moy son nom, m'ayant dit son Histoire,
Qui me paroist étrange, & que i'ay peine à croire.

PHILENE.

L'Infortuné changea de nom, comme de cœur,
Dés l'heure que l'Amour, ce superbe Vainqueur,
Iusqu'aux pieds des Autels, vint troubler sa priere;
Et que luy qui peut tout, fit descendre des Cieux,
Sous l'habit d'vne Fille, vn Ange de lumiere,
Qui sceut brûler son ame, en éclairant ses yeux.

MEGATE.

Hé Dieux! que dittes vous? croiray-je à mes oreilles,
Et verra-t'on iamais des rencontres pareilles?
Cette Fille changea de nom, comme de cœur,
Dés l'heure que l'Amour, ce superbe Vainqueur,
Iusqu'aux pieds des Autels vint troubler sa priere;
Et que luy, qui peut tout, fit descendre des Cieux,
Dessous l'habit d'vn homme, vn Ange de lumiere,
Qui sceut brûler son ame, en éclairant ses yeux.

Mais parlons d'eux encor, auec plus de franchiſe,
Et diſons leurs vrays noms à l'oreille d'Orphiſe;
Elle arriue, & ſans peur i'ay commis de tout temps,
A ſa diſcretion, mes ſecrets importans.

PHILENE.

Ie le veux, & ie iuge, en iettant l'œil ſur elle,
Qu'elle eſt également, & prudente, & fidelle.

SCENE III.

ORPHISE, MEGATE, PHILENE, MELINDE.

MEGATE.

QV'est-ce que dit ma Mere? hé bien, en mourrons nous?
Et faudra-t'il brûler au feu de son courrous?

ORPHISE.

Vôtre esprit est troublé d'vne crainte bien vaine:
De vôtre éloignement elle n'est point en peine;
Et vous pouuez encor demeurer librement,
A iouyr des douceurs d'vn sejour si charmant.

MEGATE.

Quelles graces, bons Dieux, ne te dois-je point rendre,

Des

Des ſoins que tous les iours pour moy tu daignes prendre;
Sans toy ie n'aurois pas vne heure de repos,
Et pour nous obliger tu viens tout à propos;
D'vn ſemblable deſir ayant l'ame ſaiſie,
Ce gentil-homme & moy, t'auons ſeule choiſie,
Pour te dire vn ſecret, que nous tenons ſi cher,
Qu'à tout autre qu'à toy, nous le voulons cacher.
Tu cognoiſtras par là quelles ſont nos penſées,
Et ſi vers meſme but, elles ſont addreßées.

ORPHISE.

Vous me pouuez parler en toute liberté,
Puis que rien n'eſt plus grand, que ma Fidelité;
Quel eſt voſtre ſecret?

PHILENE.

Le mal-heureux Philene
Deſſous le nom d'autruy, repreſente ſa peine.

Philene dit cecy à demy haut à l'oreille d'Orphiſe; & ſont tous deux fort loin de Megate, & de Melinde.

ORPHISE.

En faites-vous autant?

Orphiſe s'approche de Megate, qui luy dit ſon ſecret à l'oreille, de la meſme ſorte que Philene luy a dit le ſien.

MEGATE.

Tu me vois aujourd'huy:

Representer mon mal, dessous le nom d'autruy.

ORPHISE.

Ie l'ay bien deuiné:

MEGATE.

Que t'a t'il dit, Orphise?

ORPHISE.

Mesme chose que vous;

MEGATE.

Dieux! que ie suis surprise:

PHILENE.

Dittes-moy son secret;

ORPHISE.

C'est le vostre:

PHILENE.

Le mien!

La réponse est obscure, & ie n'y comprens rien.

ORPHISE.

Songez à triompher, vous auez la victoire,

PHILENE.

La victoire? hé dequoy?

ORPHISE.

D'vn Cœur, qui faisant gloire
D'auoir tousiours vaincu, sans auoir rien aimé,
Est plus grand que le corps, qui le tient enfermé.

PHILENE.

Et de quel corps encore est ce Cœur inuincible?

ORPHISE.

De celuy de Megate:

PHILENE.

O Dieux! est-il possible?

ORPHISE.

Elle vous aime;

PHILENE.

Moy!

ORPHISE.

Vous meſme, & dans vn iour,
Vous auez ſceu dompter ce qui domptoit l'Amour.

MEGATE.

Vn mot, Orphiſe.

ORPHISE.

Hé bien.

MEGATE.

Qu'a-t'il tant à te dire?

ORPHISE.

Rien, ſinon qu'il languit ſous l'amoureux Empire.

MEGATE.

Hé pour qui?

ORPHISE.

Deuinez.

MEGATE.

Ie ne ſçay.

ORPHISE.

C'eſt pour vous;
Et vous en rougiſſez de honte, ou de courrous.

MEGATE.

Nullement, mais il faut que tu te perſuades,
Qu'en vain on ſçait l'Hiſtoire & le nom des malades,
Si l'on ne ſçait auſsi quel remede excellent,
Peut arreſter le cours de leur mal violent.
Philene, cherchons donc vne prompte aſsiſtance,
Sans que ſur vn ſujet d'vne telle importance,
On nous voye amuſer à parler ſi ſouuent
A l'Echo, qui n'eſt rien qu'vn air frappé du vent;
Et qui s'enferme au creux d'vne Roche voûtée,

Dont la voix eſt receuë, & ſoudain réjettée.
Qu'Orphiſe vous écoute vne ſeconde fois,
Sur les diuers moyens, dont nous aurons fait choix,
Pour guerir la douleur, dont voſtre ame ſouſpire,
Et que nous n'oſons pas, l'vn a l'autre nous dire;
Et pour mieux obliger ſon eſprit ſi diſcret,
A nous redire au vray quel eſt noſtre ſecret;
Sçauez-vous là deſſus, ce que ie me propoſe?
Sur ces arbres ſi beaux, écriuons quelque choſe.

PHILENE.

Hé quoy?

MEGATE.

Deux ou trois mots, de ce que vous & moy,
Auons deliberé de commettre à ſa foy,

PHILENE.

Ne me commandez point d'écrire ſur ces arbres,
Mais bien d'aller briſer des Rochers, & des Marbres,
Et forcer des Lyons, à tomber ſous mes coûs,
Si vous ne croyez pas que ie puis tout pour vous.

MEGATE.

Ce propos ne sçauroit m'obliger d'auantage,
Mais allons commencer à finir cét ouurage;
Nous discourons sans cesse, & nous n'auançons rien.

PHILENE.

Mon vouloir est le vôtre;

MEGATE.

Et le vôtre est le mien.

MELINDE.

Qu'il est aisé de voir que ces deux belles ames, Ils vont chacun sur vn arbre.
Ressentent viuement les amoureuses flames!

ORPHISE.

Dieux! que s'étant quittez, ils marchent lentement!
A peine peuuent ils se laisser vn moment:
Leurs corps sont separez, mais non pas leurs pensées,
Qui sont de mesmes traits mortellement bleßées:
Voyez comme elle & luy, se conduisent des yeux,

MELINDE.

Ie ne ſçaurois iuger lequel aime le mieux.

SCENE IV.

ASPHALTE, ORPHISE, MELINDE.

ORPHISE.

VEnez vous diuertir à voir ces deux perſonnes,
Qui ne changeroient pas leurs fers à des Couronnes:
Et qui n'écriuent rien dans l'écorce des bois,
Qui ne ſoit dans leurs cœurs, mieux écrit mille fois,
Ils tâchent de cacher le feu qu'ils ont dans l'ame;
Mais par leurs actions, il fait luire ſa flame:
Voyez, qu'en écriuant ils ont certains tranſports,
Qui troublant leurs eſprits, font friſſonner leurs corps.
Amour conduy leur main, ou l'on ne pourra lire,

Ce que ſur ces deux troncs tu les forces d'écrire.

ASPHALTE.

Nous ſommes vous & moy de meſme ſentiment;
Et ie croy que tous deux s'aiment parfaictement:
Mais ce pauure Amoureux eſt bien loin de ſon conte,
Si l'Amour auiourd'huy le Deuoir ne ſurmonte;
Et rien dans ſon malheur ne le peut ſecourir,
Si ce n'eſt ſeulement, s'abſenter, ou mourir.

ORPHISE.

Enſemble nous plaignons l'ennuy qui les tourmente,
Car vous plaignez l'Amant, & moy ie plains l'A-
mante.
Les parens l'ont promiſe au plus beau des humains;
Et la doiuent tantoſt remettre entre ſes mains.

MELINDE.

Mais ſans peur du peril, où leurs amours les portent,
Des deux coſtez du bois en meſme temps ils ſortent.

SCENE V.

MEGATE, PHILENE.

MEGATE.

Nous voicy de retour, afin de te monstrer,
Si dans mesme secret, on se peut rencontrer.
Escoute:

Megate dit tout bas à Orphise, ce qu'elle à écrit sur l'arbre.

ORPHISE.

Et vous Philene : ô merueille incroyable!
Vous m'auez dit tous deux vne chose semblable.

Philene luy dit de la méme sorte, ce qu'il a écrit sur l'autre.

PHILENE.

Seroit-il bien possible?

MEGATE.

Allons voir,

PHILENE.

Ie le veux,
Le Ciel seroit-il bien si propice à mes vœux?

ORPHISE.

Si ie ne vous dis vray, i'ay perdu la memoire.

PHILENE.

Qui ne void le miracle, à peine le peut croire.

Découurir, & cacher son amour; Philene à l'arbre,

Quel miracle plus grand, parut iamais au iour?
Et quels sont les Destins, qui nos ames assemblent?
Comme nos accidens, nos pensers se ressemblent.

MEGATE.

Ouurir, & fermer son cœur; Megate à l'arbre,

A t'il leu dans le mien cét aimable Vainqueur?
De tout point sa pensée à la mienne est pareille;
Et ie voy, sans la croire, vne telle merueille.
Ainsi mesme secret nos deux mains ont écrit.

PHILENE.

Ainſi dans nos deux corps, on n'a mis qu'vn eſprit.

MEGATE.

Ainſi nous deſirons, & parler, & nous taire.

PHILENE.

Ainſi meſme flambeau nous bruſle, & nous éclaire.

MEGATE.

Ainſi meſme Nocher, ſur les flots nous conduit.

PHILENE.

Ainſi meſme tempeſte, en meſme temps nous ſuit.

MEGATE.

Ainſi nous nous perdons en meſmes auentures.

PHILENE.

Ainſi nous découurons, & cachons nos bleſſures;

Et tombez par miracle en de mesmes langueurs,
Nous sommes tout ensemble, & vaincus, & vainqueurs,
Mais cét Enigme obscur ne se fait pas comprendre;
Et pour moy, plus i'y resue, & moins ie puis l'entendre.
Découurir tout ensemble, & cacher son amour!
C'est vouloir qu'à mesme heure, il soit & nuit, & iour,
Vouloir que l'Asseurance accompagne la Crainte,
Et que la Verité marche auecque la feinte!

MEGATE.

Mais qui pourroit iamais cét Oracle exprimer,
Qui veut ouurir vn cœur, & qui veut le fermer;
Ie ne sçay pas pour moy, s'il se peut qu'en mesme heure,
On soit libre, & captif, qu'on guerisse, & qu'on meure.

ASPHALTE.

Bons Dieux, auec quel trouble, & quel étonnement,
Se promene à grands pas, ce malheureux Amant!
Comme il se mord les doigts, & se frotte la teste.
Et comme à tous momens à cet Arbre il s'arreste!

ORPHISE.

Nous ne deuons pas moins cette Fille obseruer:

Sans aucun mouuement, vous la voyez réuer,
Et semble que ses yeux, au défaut de sa bouche,
Sur cét Enigme obscur, consultent ceste souche.
Hê bien, ay-ie rien dit contre la Verité?

Philene & Megate sortent du bois, & Orphise leur parle.

MEGATE.

Tu nous dois pardonner nostre incredulité.

PHILENE.

Découurir son amour; *ô merueille adorable?*
Est-il commandement qui soit plus agreable?

I'execute vn arrest si dous,
En vous disant que ie vous aime,
Et que i'ay tant d'amour pour vous,
Que ie n'en ay plus pour moy-méme.
Cacher vn amour le plus beau,
Qui puisse aux cœurs faire la guerre;
N'est-ce pas cacher vn flambeau,
Qui doit luire à toute la terre?

Nous serions trop ingrats, si nous cachions l'Amour,
Qui seul nous a fait voir la lumiere du iour.
Ce vainqueur des vainqueurs, est celuy qui me dompte,
Ie trouue à l'auoüer, plus d'honneur que de honte;
Vne playe honorable a toûjours des appas;

On trahit son courage, en ne la monstrant pas;
Et ie veux publier, que la mienne est si belle,
Qu'elle est à desirer, quoy qu'elle soit mortelle.

MEGATE.

Ouurir en mesme temps, son cœur, & le fermer,
Le Ciel m'en est témoin, sans iamais rien aymer:
De tant d'obiets si beaux, dont la Cour est feconde,
I'ay fermé iusqu'icy, mon cœur à tout le monde;
Mais puis que sans l'ouurir, ie n'ay pû conceuoir,
Mon Amour si parfait, qu'il se doit faire voir;
N'est-ce pas la raison, qu'au moins i'ouure la bouche,
Pour le dire, & monstrer à quel point il me touche.

Ouy, Philene, ie me resous
A confesser que ie vous aime;
Et que i'ay tant d'amour pour vous,
Que ie n'en ay plus pour moy-méme.

PHILENE.

Quel excéz de bon-heur m'arriue en vn moment,
Pour me combler de gloire, & de contentement;
Et me faire éprouuer, que pour vne Maistresse,
On peut mourir de ioye, ainsi que de tristesse.

MEGATE.

Disposez de mon cœur, Philene, il est à vous,
Et ie l'ouure à vous seul, quand ie le ferme à tous.

PHILENE.

Le beau feu dont l'Amour rend nostre ame allumée,
Plus que les autres feux, est remply de fumée;
Et nous étoufferoit peut-estre en vn moment,
Faute de luy donner, vn peu d'air seulement.

MEGATE.

Il a sceu tout à coup me forcer à me rendre;
Il a fondu ma glace, il me reduit en cendre;
Et me faut aduoüer qu'vn plus digne flambeau,
Ne conduira iamais vne Amante au tombeau.

PHILENE.

Est-il vray que l'Amour, qui fait assez connestre
Qu'en moy, pour me tuer vos beaux yeux l'ont fait naistre,
Vueille que nous portions mesmes fers sous sa loy;
Et si ie meurs pour vous, que vous mourriez pour moy?

Ie

Ie ne merite pas la moindre de vos larmes:
Ie ſuis vne conqueſte indigne de vos armes;
Et la mort me doit eſtre vn iuſte chaſtiment,
D'auoir osé ſur vous, ietter l'œil ſeulement.

MEGATE.

Ne blaſmez point celuy dont ie fais tant d'eſtime,
Mais que mon cœur pourtant ne peut aimer ſans crime,
Puis que i'ay des parens, qui veulent auiourd'huy,
Par vn Hymen forcé, me ſeparer de luy.
Il faut donc, pour chaſſer loing de nous cét orage,
Changeant leur volonté, rompre ce mariage,
Autrement.

PHILENE.

Ha! ce mot ſuffit pour me tuer.

MEGATE.

Dés le ſoir leur deſſein ſe doit effectuer.

PHILENE.

Vous deuez employer le Ciel & la Nature,

Pour détourner le cours d'vne telle aduanture.
Pour moy, chere Beauté, quoy qu'il puiſſe aduenir,
Ie vous promets la Foy, ie vous la veux tenir;
Et pluſtoſt qu'acheuer mon funeſte Hymenée,
De cent coups de poignard, finir ma deſtinée.
Doncques, mon cher amy, qui prends part aux douleurs,
Qui vont noyer ma vie au torrent de mes pleurs;
Si tu veux empeſcher qu'auiourd'huy, ie ne meure,
Va, comme ie t'ay dit, où mon Pere demeure;
Et ſoit par tes diſcours, dont ſes ſens ſont rauis,
Où ſoit par tes raiſons, où ſoit par tes aduis;
Par amys, par faueur, de force, ou d'artifice,
Fay tant, que ce deſſein iamis ne s'accompliſſe.

ASPHALTE.

I'en viens.

PHILENE.

Hé qu'as-tu fait?

ASPHALTE.

Rien.

PHILENE.

O comble d'ennuy!

ASPHALTE.

Ne Déſeſperez point, il n'eſtoit pas chez luy,
I'y retourne:

PHILENE.

Va donc, & par quelque artifice,
Fais tant, que ce deſſein iamais ne s'accompliſſe.

ASPHALTE.

Mais,

PHILENE.

Ne replicque point, ie ne ſçay que trop bien,
Que pour me ſecourir, tu n'épargneras rien.

ASPHALTE.

I'y vay donc.

MEGATE.

Chere Orphise helas! si ton enuie
Est de vouloir aussi me conseruer la vie,
Epuise ton esprit, promets luy des presents;
Achepte le secours de quelques médisans;
Et brisant, s'il se peut, la chaisne qu'on m'a faite,
Fay tant, que cét Hymen se rompe, ou se remette.

ORPHISE.

Pour gaigner vôtre mere, il n'est inuention,
Dont ie n'vse, en faueur de vostre affection:
Mais rendez plus serain l'air de vostre visage,
Car si de nos desseins elle a le moindre ombrage,
Tout est perdu, Megate, il faudra, malgré vous,
Que cét homme incognu, soit tantost vostre éspous.

MEGATE.

Pour suiure tes conseils, sage, & prudente Orphise,
Ie me vaincray moy-mesme, en si iuste entreprise.

PHILENE.

Moy, ie suiuray mon pere, ou si ie vay chez luy,

Ie ſçauray, le voyant, déguiſer mon ennuy.
Cependant, permettez que ie vous iure encore,
Par ce Dieu tout-puiſſant, que dans vos yeux i'adore;
Qu'Eſpoir, Crainte, Parens, Menace, Affliction,
Ne pourront iamais rien ſur mon affection.

MEGATE.

Ma bouche eſtant muette, en ſi grande triſteſſe,
Mes pleurs & mes ſouſpirs, vous font meſme pro-
meſſe.

ACTE III.

SCENE I.

ARBAZE.

C'Est doncques dans ces lieux qu'Aglante ſe promene,
Aſphalte me l'a dit, ie n'en ſuis plus en peine;
Mais i'ay mal penetré le ſens de ſes diſcours,
Ou ce ieune Inſolent a fait d'autres amours.
Aglante pris ailleurs, reiette Cleonice,
Le choix que i'en ay fait, luy tient lieu de ſupplice;
Vn autre obiect le charme, il me craint, il me fuit,
Et ſe laiſſe emporter au feu qui le ſeduit:
Mais i'en ſçay le remede, vne ieune Voiſine,
Admirable en adreſſe, & belle autant que fine,
Que ſon pere en mourant, laiſſa deſſous ma loy,

Dans ces beaux promenoirs se doit rendre apres moy.
Ses yeux vont faire essay de leur plus douce force,
A luy ietter du change vne insensible amorce;
Solliciter ses vœux, & partager son cœur,
Auecque les attraits de ce premier Vainqueur;
Entre deux passions son ame balancée,
Ne suiura plus ainsi son ardeur insensée;
Et la raison alors reprenant son pouuoir,
Le rangera peut-estre aux termes du déuoir.
Rends inutile, Aglante, vn si long artifice;
Ne me resiste point, Vien voir ta Cleonice:
Tout est prest chez sa Mere, & l'on n'attend que toy,
Pour luy donner ta main, & receuoir sa foy.
Songe auec quel amour, auec quelle tendresse,
De tes plus ieunes ans, i'eleuay la foiblesse.
Verray-ie tant de soins, payez par vn mépris,
Et ta rebellion en deuenir le prix?
Souffre que la Raison soit enfin la plus forte;
Tâche de meriter l'amour que ie te porte.
Mais le voicy qui vient, son visage estonné
M'est vn signe bien clair d'vn esprit mutiné;
Et ie n'apprends que trop d'vne telle surprise,
Qu'vne ardeur aueuglée engage sa franchise.

SCENE II.

ARBAZE, AGLANTE.

ARBAZE.

AGlante, quel dessein vous fait ainsi cacher?
Prenez-vous du plaisir à vous faire chercher?
D'où venez-vous enfin?

AGLANTE.

De ce proche Hermitage.

ARBAZE.

Et qui vous y menoit?

AGLANTE.

Ce fatal Mariage.
Prest d'en subir le ioug, sur la foy de vos yeux,

I'ay voulu consulter ces truchemens des Dieux:
I'ay voulu m'informer de l'apreſt neceſſaire,
A finir dignement vne ſi grande affaire;
Me reſoudre auec eux de la difficulté,
Qui me tient, malgré moy, l'eſprit inquieté;
Et ſouſleuant mes ſens, contre voſtre puiſſance,
Meſle vn peu d'amertume à mon obeiſſance;
Promettre à Cleonice vn amour eternel,
Sous la ſaincte rigueur d'vn ſerment ſolemnel;
Auant que de la voir, auant que de cognestre
Si ſes attraits auront dequoy la faire naiſtre:
Certes quoyqu'il m'en vienne, & de biens & d'honneur,
C'eſt bien mettre au hazard, mon repos, & mon heur,

ARBAZE.

Quel aduis ſur ce point vous donnent vos Hermites?

AGLANTE.

Vn d'eux tout chargé, d'ans, & comblé de merites;
(Pleuſt aux Dieux, qu'auec moy, vous l'euſsiez entendu)
Sans doute à ſes raiſons vous vous ſeriez rendu,
Mon enfant m'a t'il dit, en l'eſtat où vous eſtes,
Ne precipitez rien, voyez ce que vous faictes:
L'Hymen n'eſt pas vn neud, qui ſe rompe en vn iour,

C'est vn lien sacré, mais vn lien d'amour;
Et qu'est-ce que l'Amour, qu'vne secrette flame,
Qui penetre les sens, pour entrer dans vne ame?
Nos sens ouurent la porte à ce Maistre des Dieux,
Et cét aueugle Enfant a besoin de nos yeux.
D'ailleurs, où prenez-vous l'indiscrette asseurance,
D'approcher ses Autels, auec irreuerence?
Sans qu'aucune estincelle ait pû vous enflammer,
Sans sçauoir seulement, si vous pourrez aymer?
Faire de vostre Foy les Dieux depositaires,
Est-ce auoir du respect pour leurs sacrés misteres?
Et n'est-ce pas assez, pour attirer sur vous
L'implacable rigueur de leur iuste courrous?

ARBAZE.

Enfin vous en croyez ce venerable Pere.

AGLANTE.

Ie respecte les Dieux, & ie crains leur colere.

ARBAZE.

O l'excellent pretexte! & qu'il est merueilleux!
Au retour d'Italie estre encor scrupuleux!

Les Dieux, s'ils n'estoient bons, puniroient ceste feinte:
C'est ne les craindre pas, qu'abuser de leur crainte:
Offrez leur seulement, auec vn peu d'encens,
Vne ame pure & nette, & des vœux innocens;
Et ne presumez pas, qu'aucun d'eux s'interesse,
Par quels yeux vn Amant choisisse vne Maistresse.
Ceux d'vn autre vous-mesme, employez à ce choix,
De vôtre vieil Réueur ne faussent point les loix.
Les vôtres, & les miens, ne sont que mesme chose;
Que sur mon amitié vôtre esprit se repose.
Vous sçauez que mon cœur, est à vous tout entier,
Que ie vous tiens pour fils, & pour seul heritier;
Que pour vous asseurer d'vn amour plus sincere,
Ie quitte le nom d'Oncle, & prends celuy de Pere;
Qu'en vos prosperitez, i'arreste mes desirs,
Qu'à vos contentemens i'attache mes plaisirs;
Et que mon sort du vostre estant inseparable,
Ie ne puis estre heureux, & vous voir miserable.
Puis que de vos mal-heurs ie sentirois les cous,
Craignez-vous que ie face vn mauuais choix pour vous?
Celle à qui ma prudence auiourd'huy vous engage,
Rangeroit sous ses loix, l'homme le plus sauuage:
Sa beauté rauissante, & son esprit charmant,
Malgré vous, dés l'abord vous feront son Amant:
Elle est sage, elle est riche:

AGLANTE.

Elle est inestimable:
Mais donnez-moy loisir de la trouuer aimable:
Vn regard y suffit, & rien ne fait aimer,
Qu'vn certain mouuement, qu'on ne peut exprimer.
Vn prompt saisissement, vne atteinte impourueuë,
Qui nous blesse le cœur, en nous frappant la veuë.
Le coup en vient du Ciel, qui verse en nos esprits
Les principes secrets de prendre, & d'estre pris:
Tel obiet perce vn cœur, qui ne touche pas l'autre;
Et mon œil void peut-estre autrement que le vostre.
Encor si mon mal-heur vous pouuoit rendre heureux,
Ie courrois au deuant de mon sort rigoureux:
Mais puis que mon Destin, du vostre inseparable,
Vous feroit mal-heureux, si i'estois miserable;
Pour vous rendre content, souffrez que ie le sois,
Et que mes yeux au moins examinent le choix.

ARBAZE.

Pensez à l'accepter, sans me faire parestre,
Que quand ie suis content, vous auez peine à l'estre;
Tandis entretenez ceste ieune Beauté;

C'est vn soing, que luy doit vostre ciuilité;
Nous sommes ses voisins;

SCENE III.

ARBAZE, FLORINE,
AGLANTE,

FLORINE.

QVoy, Monsieur, ma presence
De l'Oncle, & du Neueu, trouble la conference?

ARBAZE, en s'en allant.

Auant que de vous voir, i'estois sur le départ,
Et vous n'aimez pas tant l'entretien d'vn Vieillard.
Ie croy que mon adieu vous plaira d'auantage,
Puis qu'il vous abandonne, vn Galland de vôtre âge.

FLORINE.

Il a toûjours le mot; & sous ses cheueux gris,
Sa belle humeur fait honte aux plus ieunes esprits.

AGLANTE.

Son bon-heur à mon gré passe bien l'ordinaire,
Puis que tout vieux qu'il est, il a dequoy vous plaire.

FLORINE.

A qui ne plairoit pas vn Vieillard si discret?
Ie ne puis le celer, ie n'en vois qu'à regret:
I'ayme bien leur adieu, mais non pas leur presence:
Luy, qui s'en doute assez, me fuit par complaisance:
Et m'auoir en partant laißé vostre entretien,
C'est vn nouueau suiect de luy vouloir du bien.

AGLANTE.

Son adieu va produire vn effect tout contraire:
I'ay l'esprit tout confus, pour ne vous pas déplaire:
Et le pesant chagrin, qui m'accable auiourd'huy,
Vous donnera suiet de vous plaindre de luy;
Dans le secret desordre, où mon ame est reduitte,
Mon humeur est sans grace, et mes propos sans suitte;
Ie ne suis bon enfin, qu'à vous importuner.

FLORINE.

Bien moins que vôtre esprit ne veut s'imaginer,

Mon naturel est vain, ie me flate moy-mesme:
Quand on m'entretiēt mal, ie presume qu'on m'aime.
Ie croy voir aussi-tost, vn effect de mes yeux,
Et l'on me plairoit moins, de m'entretenir mieux:
Vn discours ajusté, ne sent point l'ame atteinte;
Plus il a de conduitte, & plus il a de feinte:
Le desordre sied bien à celuy d'vn Amant,
Quelque confus qu'il soit, il parle clairement;
Or moy qui ne suis pas de ces caprieuses,
Qui donnent à l'Amour des loix iniurieuses:
En mettent le haut poinct à se taire, & souffrir,
Et s'offencent des vœux qu'on ose leur offrir; Orphise & Cleonice sortent, & escoutent leurs discours.
Ie vous estimerois enuieux de ma gloire,
Si vaincu par mes yeux, vous cachiez ma victoire.
Parlez donc hardiment, du feu que vous sentez,
Ne soyez point honteux des fers que vous portez.
Si tost qu'on est blessé, i'aime à voir qu'on se rende,
Et mon cœur pour le moins vaut bien qu'on le demāde.
Ie ne suis pas d'humeur à vous laisser perir;
Mais, sans sçauoir vos maux, les pourray-ie guerir?
Le silence en Amour est vn lâche remede,
Taschant à vous aider, meritez qu'on vous ayde:
Laissez à vôtre bouche expliquer les discours,
Que vos yeux languissans me font de vos amours.

SCENE IV.

AGLANTE, CLEONICE, ORPHISE, FLORINE.

CLEONICE.

ORphise, entendez-vous ceste ieune éuentée?

ORPHISE.

Orphise & Cleonice sont encore cachez, en sorte qu'on les void.

Ne craignez rien, ma sœur, elle s'est mécontée,
Attaque qui voudra le cœur de vostre Amant:
Ce n'est pas vn butin qu'on enleue aisement;
Oyez le repartir à ceste effronterie.

FLORINE.

Quoy? Monsieur, vous voila dedans la réuerie?
Vous consultez encor, & vôtre bouche a peur,
De confirmer vn don, que me fait vostre cœur?

AGLANTE.

Il seroit trop heureux d'vn si digne seruage,
S'il pouuoit estre à vous, sans deuenir volage:
Vn autre obiet possede & mes Vœux, & ma Foy;
Ne me demandez point, ce qui n'est plus à moy:
Quand mesme ie pourrois disposer de mon ame,
Pourriez vous accepter vne si prompte flame?
Pourriez-vous faire état d'vn cœur si-tost en feu?
Prise-t'on vn captif, quand il couste si peu?
L'ennemy qui combat, signale sa defaite,
Et couronne bien mieux le Guerrier qui l'a faicte;
Mais celuy qui se rend, perd beaucoup de son prix,
Et fait si peu d'honneur, qu'il reçoit du mépris:
Vous triompheriez mieux, si i'osois me defendre;
La Gloire est à forcer, & non pas à surprendre.

ORPHISE, à Cleonice.

Apres cette réponce, elle doit bien rougir.

FLORINE.

Ie sçay comme mes yeux ont coustume d'agir,
Si vous estes honteux d'vne flame si prompte,

Il faut que mon exemple emporte cette honte.
Il est vray, ie vous ayme autant que vous m'aimez
Vn moment a nos cœurs l'vn à l'autre enflammez;
Soyez vain comme moy, de ma flame naissante:
Plus vn effect est prompt, plus sa cause est puis-
sante.

AGLANTE, apperceuant Cleonice, & allant à elle.

Il ne faut pas que Cleonice paroisse sur le Theatre, en sorte qu'elle puisse estre recogneuë de Florine: elle doit estre cachée à demi derriere vn arbre, couurant sa face de son mouchoir.

Voicy mon cher amour, adorable Beauté;

FLORINE, l'interrompant.

Cherchez-vous vn Azile à vostre liberté?
Vrayement vous choisissez vn fort mauuais re-
fuge;
Vous courez vers Orphise, & ie la prends pour
iuge.
Faictes moy la raison d'vn voleur de mon bien;
Qu'il me rende mon cœur, ou me donne le sien.

AGLANTE.

Contez-luy vos raisons, ie vous laisse auec
elle.

FLORINE.

Quoy? vous continuez à faire le rebelle?

AGLANTE.

Dérobons nous, mon ame, à l'importunité,
Dont nous menace encor ſon babil affetté,

CLEONICE.

Mon amour eſt rauy d'vne telle retraitte.

SCENE V.

ORPHISE, FLORINE.

ORPHISE.

Comment vous trouuez-vous d'auoir fait la coquette?
Vous auez tant de grace à souffrir vn refus,
Que personne apres vous, ne s'en meslera plus.
Les Filles donc ainsi perdent la retenuë?
Et depuis-quand la mode en est-elle venuë?
Vous vous offrez vous-mesme; ah! i'en rougis pour vous.

FLORINE.

Mille s'offrent à moy, que ie dedaigne tous.
Si ie fuis tant d'Amans, dont ie suis recherchée,
I'en puis rechercher vn, quand mon ame est touchée:
Vn peu d'amour sied bien, apres tant de mespris.

ORPHISE.

Vn cœur ſe deffend mal, quand il eſt ſi toſt pris;
Et pour dire en vn mot, tout ce que ie ſoupçonne;
Qui peut en prier vn, n'en refuſe perſonne.

FLORINE.

Orphiſe, quelle humeur eſt la voſtre auiourd'huy,
Que par vos ſentimens, vous iugez ceux d'autruy?

ORPHISE.

On vous cognoiſt aſſez, & vous eſtes de celles,
Que mille fois le plaſtre a fait paſſer pour belles;
Dont la vertu conſiſte en de vains ornemens;
Qui changent tous les iours de rabats, & d'A-
mans:
Leurs inclinations ne tendent qu'à la bourſe;
C'eſt là de leurs deſirs & le but & la ſource:
Voyez les dans vn Temple, importuner les Dieux,
Les prieres en main, la modeſtie aux yeux:
Il n'eſt traict de pudeur, qu'elles ne contrefaſſen;
Et Dieu ſçait comme alors les Duppes s'embarraſ-
ſent.
Elles ſçauent ſouuent ietter mille hameçons,
Et ſe rendre au beſoin en diuerſes façons:

Apres tout ie vous plains; ce courage farouche
Ne vous est échappé, qu'à faute d'vne mouche,
Encor en assaßin, vous luy perciez le cœur;
Le fard déplaist sans doute à ce fascheux vainqueur,
Et rend vostre beauté tellement éclattante,
Que son esprit bizarre en a pris l'épouuante.

FLORINE.

Ie ne cognus iamais ce que vous m'imputez,
Et ne veux point répondre à tant de faussetez:
Ma vie est innocente; & ma beauté naifue
Ne doit qu'à ses attraits les cœurs qu'elle captiue.
Si i'ay quelques deffauts, ils ne sont point cachés,
Sous le fard éclatant, que vous me reprochez;
Et quand bien le reproche en seroit legitime,
Orphise d'vn nom d'Art feriez vous vn grand crime?
Iamais vne Beauté ne se doit negliger;
Quand la Nature manque, il la faut corriger;
Est-ce honte d'aller par ces Metamorphoses
A la perfection, où tendent toutes choses?
La Raison, la Nature, & l'Art en font leur but;
L'Amour, Roy de nos Cœurs, veut ces soins pour tribut,
Et tient pour bon suiect vn esprit qui n'aspire,
Qu'à trouuer les moyens d'aggrandir son Empire.
C'est gloire de mourir pour ce Maistre des Dieux,

Qui s'est priué pour vous de l'vsage des yeux.
Si pour luy se défaire est vn vray Sacrifice,
Se refaire pour luy, le nommez-vous vn vice?
Ce qu'on fait pour luy plaire, osez-vous le blâmer?
Orphise, quand on aime, il se faut faire aymer,
L'Amour seul, de l'Amour est le prix veritable;
Et pour se faire aimer, il faut se faire aymable.
Ceste Belle, en effect, de qui l'on parle tant,
Tient du secours de l'Art ce qu'elle a d'éclatant;
Cependant sa beauté, pour estre déguisée,
A t'elle moins d'Amants? est-elle moins prisée?

ORPHISE.

Celle qu'en ses discours vous venez d'attaquer,
Quand-elle l'aura sçeu, pourra vous repliquer:
Pour moy, sans interests, dedans ceste mélée,
Ie vay chercher Megate, au bout de ceste allée.

FLORINE, seule.

Arbaze, c'est pour toy que i'en ay tant souffert,
Pour toy i'ay feint d'aymer, & mon cœur s'est offert:
Pour t'auoir obey, l'on m'a persecutée;
Aglante ne me prend que pour vne affetée,

Et consommé d'vn feu contraire à son déuoir,
Neglige égallement ma feinte, & ton pouuoir.
Orphise cependant, sans penetrer mon ame,
Iuge par mes discours, de l'objet de ma flame;
Simple, qui ne sçait pas, que mon esprit discret,
Rarement à ma bouche expose vn tel secret;
Que iamais mon ardeur n'est aisément connuë,
Et que plus i'ay d'amour, plus i'ay de retenuë.
Aux Filles c'est Vertu de bien dissimuler:
Plus nos cœurs sont blessez, moins il en faut parler:
Si i'ose toutesfois me le dire à moy-mesme,
A trauers ces rameaux i'apperçoy ce que i'ayme:
C'est mon Asphalte, ô Dieux! il vient, dissimulons,
Et ne découurons rien du feu dont nous brûlons.

Scene

SCENE VI.

ASPHALTE, FLORINE.

ASPHALTE.

TRouuer Florine ſeule, & dans les Tuilleries,
Sans auoir d'entretien que de ſes reſueries?
Quoy? tant de ſolitude, aupres de tant d'appas,
Certes c'eſt vn bon-heur que ie n'attendois pas.
Ie n'oſois eſperer d'occaſion ſi belle,
A luy conter l'ardeur, qui me brûle pour elle.

FLORINE.

Que vôtre eſprit eſt rare! & ſçait adrettement
Faire vne raillerie, auec vn compliment;
Affin qu'à voſtre amour ie ſois plus obligee:

Vous me traittez d'abord en fille negligée,
Qui tient si peu de cœurs asseruis sous sa loy,
Que mesmes en ces lieux elle manque d'employ.
Est-ce ainsi qu'vn Amant caiolle ce qu'il ayme?

ASPHALTE.

Ah! ne m'imputez pas cét indigne blaspheme;
Ie sçay trop que vos yeux regnent en toutes parts,
Et que chacun se rend à leurs moindres regards.

FLORINE.

Exceptez-en Aglante, il m'a bien fait parestre,
Que Florine n'est pas ce qu'elle pensoit estre.

ASPHALTE.

Il est vray qu'il adore vn autre Obiet que vous,
Et vostre esprit peut-estre en est vn peu ialous:
Mais si vous auiez veu l'excez de sa tristesse,
Et combien de soûpirs luy couste sa Maistresse,
Vous seriez la premiere à plaindre ses mal-heurs.

FLORINE

Quelque orgueilleux mépris fait naître ses douleurs.

ASPHALTE.

La Beauté dont Aglante idolatre les charmes,
D'vn deluge de pleurs accompagne ses larmes;
Arbaze, vnique autheur de tous leurs desplaisirs,
Oppose sa puissance à leurs chastes desirs:
Son esprit irrité court à la violence;
La priere l'aigrit, & la Raison l'offence:
Il vient, la force en main, & l'ayant veu partir,
I'ay creu de mon deuoir, de les en aduertir.
Les voyla tout en pleurs.

Il faut tousiours remarquer que Cleonice ne doit paroistre le visage é-couuert deuant Florine.

FLORINE.

Euitons leur presence:
Mes larmes ne sçauroient couler par complaisance:
Mon humeur est trop gaye, & pour ne rien celer,
I'ayme mieux rire ailleurs, que de les consoler.

SCENE VII.

CLEONICE, AGLANTE.

CLEONICE.

MOn Philene, as-tu donc vn Pere si barbare,
Qu'il vueille separer vne amitié si rare?

AGLANTE.

Vous l'auez entendu; ce Vieillard inhumain,
Pour en rompre les nœuds, vient la force à la main,
Et dés le soir me liure à cette autre Maistresse,
Resolu que ma Foy, dégage sa promesse.

CLEONICE.

Ah dure Tyrannie! ah rigoureux Destin!

Donc vn si triste soir suit vn si beau matin?
Le mesme iour propice, & contraire à nos flames,
Va desunir deux corps, dont il vnit les ames;
Fait nos biens & nos maux, & du matin au soir,
Voit naître nos desirs, & mourir nôtre espoir.

AGLANTE.

L'Amour, ce doux Vainqueur, ce pere des delices,
Ainsi n'a pour nous deux, que de cruels supplices;
Et ce Tyran fait naistre, aux dépens de nos pleurs,
D'vn moment de plaisirs, vn siecle de douleurs.

CLEONICE.

Helas! que de tourments accompagnent ses charmes!
Et qu'vn peu de douceur nous va couster de larmes!
Il me faut donc te perdre, & dans le mesme lieu,
Où i'ay receu ton cœur, receuoir ton Adieu!
Sanglots, qui de la voix me fermiez le passage,
Iusques à cét adieu permettez-m'en l'vsage;
Et lors que le Soleil ayant finy son tour,
Les flambeaux d'Hymenée esteindront ceux d'Amour,
Estouffez, i'y consents, cét Obiect déplorable,
Dés plus aspres rigueurs d'vn sort impitoyable.
Philene, ainsi ma mort dégagera ta foy,

Ton cœur pourra brûler pour vn autre que moy:
Tu pourras obeyr, sans me faire d'iniure:
I'ayme sans inconstance, & change sans pariure.

AGLANTE.

Vn Pere veut forcer vn cœur à vous trahir;
Et vous croyez ce cœur capable d'obeyr?
Ah que vous iugez mal d'vne amitié si forte!
Si nôtre espoir est mort, ma flame n'est pas morte:
La naissance n'a point d'assez puissantes loix;
Pour me faire manquer à ce que ie vous dois:
Receuez de nouueau la foy que ie vous donne,
D'estre à iamais à vous, ou de n'estre à personne.

CLEONICE.

Helas! en quel estat le malheur nous reduit!
Faut-il d'vn tel amour n'esperer point de fruit!

AGLANTE.

Aymons nous, & souffrons; aymé de ce qu'on ayme,
On trouue des plaisirs dans la souffrance mesme.

CLEONICE.

Aymons nous, & souffrons; deux cœurs si bien d'accord,
Trouueroient des plaisirs dans les coups de la Mort.

AGLANTE.

Resolus à mourir, qu'auons nous plus à craindre?

CLEONICE.

Mourant auec plaisir, qu'auons nous plus à plaindre?

AGLANTE.

Plaignons nous, mais du Ciel, qui fait que le trépas,
Au plus beau de nôtre âge, a pour nous tant d'appas.

CLEONICE.

N'accuse point le Ciel de ce que fait son Pere.

AGLANTE.

Mon ame c'est delà que part nôtre misere;

C'est luy qui nous trauerse; & les Dieux sont ja-
lous,
Qu'en leur Temple mes vœux ne s'addressoient qu'à
vous;
Au pied de leurs Autels, i'adorois leur image;
Estoit-ce donc vous rendre vn trop leger hommage?
O Dieux! d'vn feu si pur faites-vous vn forfait?
Vous pouuois-ie adorer en vn plus beau portraict?
Que vostre ialousie, ou vostre haine éclatte,
Iusques dans le tombeau i'adoreray Megate;
Inuentez des tourments à me priuer du iour,
Ma Vie est en vos mains, mais non pas mon A-
mour.

CLEONICE.

N'irrite point les Dieux, & retien ces blasphemes;
Ie te iure, mon Cœur, les Puissances suprémes,
Dont la seule bonté nous pourra secourir,
Que si tu n'es à moy, ie sçauray bien mourir.

AGLANTE.

Parmy tant de mal-heurs, quel bon-heur est le nô-
tre,
Puis qu'en dépit du Sort, nous viuons l'vn en l'autre!
Et s'il nous faut mourir, nous finirons ainsi.

Cleonice.

CLEONICE.

Adieu, ma chere vie, éloigne toy d'icy;
Fuy ce fatal Hymen, qu'vn Pere te prepare.

AGLANTE.

Ouy, ie vay vous quitter, de peur qu'il nous ſe-pare;
Mais auec vn ſerment, que malgré ſon effort,
Nous aurons pour nous ioindre, ou l'Hymen, ou la Mort.

ACTE IV.

SCENE I.

ARBAZE, ſuiuy de deux Braues.

QVELLE fatalité changeant l'eſprit d'Aglante,
Renuerſe nos deſſeins, & trompe nôtre attente:
Il s'aprochoit d'Hymen, qui luy tendoit les bras,
Et ce Capricieux s'arreſte au dernier pas.
Il sembloit ſouhaitter cette vnion ſacrée,
Il brûloit d'étre au Temple, & demeure à l'entrée:
Il promet, il s'engage, il veut precipiter,
Et deuient froid & lent, au poinct d'executer:
Chacun de vœux communs benit cette iournée,
Ses parens aſſemblés preſſent cét Hymenée:
Il gouſte moins ſon bien, quand châcun le reſſent;
Il eſt ſeul neceſſaire, & ſeul il eſt abſent.
Beaux lieux, plaisãt ſeiour, ombres, arbres, fontaine,

Découurez nous Aglante, épargnés nôtre peine;
Et pour prix de ce bien, puissent toufiours vos bois
Estre les promenoirs les plus beaux de nos Roys.
Vous, secondez ma peine, & que vôtre assistance,
S'il ne me suit de gré, force sa resistance.
Par force, ou par amour, tirons le de ces lieux;
Quelle ombre, quels détours le cachent à nos yeux?

Vn des Braues.

Moderés seulement vn ennuy si sensible;
Nous le rencontrerons, s'il est encor visible;
Et lors la violence, au deffaut de l'Amour,
Vous le rendra chez-vous, deuant la fin du iour.

ARBAZE.

Ne vois-ie pas Nerice? ô Dieux! par quel langage,
Luy puis-ie déguiser ce que dit mon visage?
Venez-vous en ce lieu partager mes douleurs?
Et daignez-vous méler vos soupirs à mes pleurs?

SCENE II.

NERICE, ARBAZE.

NERICE.

MA seule peine helas! est assez violente:
Ie cherche Cleonice,

ARBAZE.

Et moy ie cherche Aglante.

NERICE.

Ma presence l'afflige,

ARBAZE.

Et la mienne luy nuit.

NERICE.

Elle craint ma rencontre,

ARBAZE.

Et le cruel me fuit.
Quand ie perds vn Neueu, vous perdés vne Fille,
Et nous perdons tous deux l'heur de nôtre Famille.

NERICE.

Ainsi donc l'vn & l'autre est contraire à nos vœux!
Ie crains ce qui vous plaist, elle ce que ie veux:
Ie doute quel suiet les porte à nous déplaire;
Mais i'en forme vn soupçon, que ie ne vous puis taire;
Ie sçay que de tout temps par mes affections,
Cleonice a reglé ses inclinations;
Et que mon amitié luy fut tousiours si chere,
Que les vœux de la Fille estoient ceux de la Mere:
Mais alors que l'Amour surprend vn jeune Cœur,
De quelle paßion ce Dieu n'est-il vainqueur?
Quel respect de Parens retient sa violence!
Et iusque à quel excez ne va son insolence?

N[illegible]ie t'il pas, pour suiure ses desseins,
[illegible]es diuines loix, & tous respects humains?
C'est le iuste respect, où ma ma crainte se fonde;
Car pouuant disposer des cœurs de tout le monde,
Peut-estre qu'il dispose absolument aussi
De ceux de nos enfans, qu'il a surpris icy.

ARBAZE.

Asphalte que ie voy, me tirera de peine;
Hé bien, resoudras-tu ma creance incertaine?

SCENE III.

ASPHALTE, ARBAZE, NERICE.

ASPHALTE échauffé.

BOns Dieux, que i'ay couru! i'ay fait cent fois le tour,
Du bois du Labirinthe, & des lieux d'alentour:

ARBAZE.

Enfin, quelle nouuelle apportes-tu d'Aglante?

ASPHALTE.

Que vostre peine cesse, ou plustost qu'elle augmente:
Ie l'ay trouué pensif, & les larmes aux yeux,
Auec mille soûpirs, qu'il iettoit vers les Cieux;
Si confus, si charmé d'vn Obiet qu'il adore,
Que ie l'entretenois, sans qu'il me vid encore
Dieux! Aglante, ay-ie dit, quel est ce changement?
L'Amour est-il autheur de ce dereglement?
Lors surpris, & forçant sa triste réuerie;
Asphalte (ma t'il dit) laisse moy, ie te prie;
Ne viens point à mon mal opposer tes aduis;
Il est doux à mon cœur, mes sens en sont rauis.
Contre vn si cher tourment, toute Prudence est vaine;
Et guerir mon amour, exciteroit ma haine.
O Dieux! ay-ie adiousté, quel si charmant suiet,
D'vne si prompte ardeur est la cause & l'objet?
Vn miracle d'Amour, ou plûtost l'Amour mesme,
M'a reduit (disoit-il) à ce transport extréme:
I'ay veu sous cét ombrage, & senty ses appas,
Adieu, ne m'enquiers plus, ie ne la connois pas.
Là i'ay sans l'épargner, condamné ce caprice,
Si contraire à l'Amour, qu'il doit à Cleonice;
Et de tout mon pouuoir ie l'ay sollicité,

A respecter le ioug de vostre authorité.
Mais chez luy mon conseil est passé pour outrage,
Et ie l'ay veu, brûlant de dépit, & de rage,
D'vn pas precipité se perdre dans le bois,
Où l'Echo seulement répondoit à ma voix.

ARBAZE.

O succés mal-heureux ! & conforme à ma crainte!
A quel sort, à quel Dieu s'addressera ma plainte?

Scene

SCENE IV.

ARBAZE, NERICE, ASPHALTE, ORPHISE.

ORPHISE, & Nerice.

ENfin i'ay tout appris, ie l'ay treuuée;

NERICE.

Et bien;
Quel sujet la retient, ne me déguise rien.

ORPHISE.

Le diray-ie en vn mot? cette rare constance,
Ces Vertus, ces Respects, & cette resistance,
Par qui de tant d'assauts son cœur fut triomphant,
L'abandonnent enfin au pouuoir d'vn Enfant.
L'Amour fait vanité d'vne Illustre Victoire,
Dans les dificultèz il trouue plus de gloire;

Et tel qui ſe munit d'vne étroite Vertu,
Eſt le plus en danger, & le plus combatu.
Se faire des rampars, c'eſt luy donner des armes,
C'eſt d'vn œil orgueilleux, qu'il eſtime les larmes,
C'eſt d'vn ſuperbe Cœur qu'il aime les ſoûpirs;
L'arrogance en vn mot excite ſes deſirs.
Cleonice à ſes coups à la fin s'eſt renduë;
Sa force & ſa froideur l'ont en vain defenduë;
Et ce cœur ſi conſtant, ſi grand, ſi genereux,
Eſt vn humble ſujet de l'Empire amoureux.

NERICE.

O triſte & prompt effet d'vn ſoupçon legitime,
Combien cét accident va tacher ſon eſtime!
Sçais tu de quel Objet elle aime les appas?

ORPHISE.

Elle meſme l'ignore, & ne le connoit pas.
Cét amour par les yeux s'eſt gliſſée en ſon ame,
Et ce iour ſeulement a veu naiſtre ſa flamme.
O Dieux! qu'ay-ie entẽdu, quand elle a ſceu par moy,
Qu'Aglante abſolument doit poſſeder ſa foy,
Et que vous deſirez qu'elle luy ſoit donnée,
Auant que le Soleil finiſſe la journée!
O mort (a-t'elle dit) que tarde ton ſecours?
Viens finir de mes ans le pitoyable cours.

O ſeuere contrainte! ô rigueur inhumaine!
Quoy! ma Mere & l'Amour tous deux cauſent ma peine!
L'vn & l'autre à ſon gré veut gouuerner mes vœux?
Là ſe frappant le ſein, & rompant ſes cheueux,
D'vne courſe legere, elle s'eſt retirée,
Et dans le fonds du bois enfin s'eſt égarée.

NERICE.

O Ciel! quelle miſere égale mes ennuis?
Quel conſeil dois-je ſuiure, en l'état où ie ſuis?

ARBAZE.

Détournons par des vœux ce mal-heur ſans exemple;
C'eſt le meilleur remede, allons nous-en au Temple,
Tandis qu'à les chercher, & calmer leurs tranſports;
Ces genereux amis emploiront leurs efforts.

NERICE.

Nous ferez vous encor cette faueur extréme?

ASPHALTE.

N'épargnez point nos ſoins.

ORPHISE.

Allons de ce pas mesme.

SCENE V.

CLEONICE en Iardiniere d'vn côté du Theatre, suiuie de Ianot Iardinier.

AGLANTE de l'autre; suiui du Gardeur des Lions: Ils sont surpris l'vn & l'autre à cette rencontre.

AGLANTE.

Qvelle est cette Beauté? que vois-ie? ô Ciel! ô Dieux!
Veillay-ie, ou si ie dors? dois-je croire mes yeux?
Ie voy le port, la taille, & le teint de Megate;
Tel son œil que i'adore, à mes regards éclatte;
Tel est son front de Lys, tels sont ses beaux cheueux,

Et tels ſes doux attraits, objets de tous mes vœux ?
C'eſt ce rare abregé des graces de Nature ;
Mais quels ſont ſes habits? quelle eſt cette auanture?
Beaux charmes de mes yeux, quel eſt ce changement?
Tirez moy de ſoucy, par vn mot ſeulement.
Quelle extréme triſteſſe, ou quel reſpect friuole,
A cette belle bouche interdit la parole?
Par vn meſme accident, auez vous dans ce bois,
Changé vos veſtemens, & perdu vôtre voix?

IANOT Iardinier.

De ſenſibles ennuis la forcent de ſe taire ;
Mais ne l'enquerez plus, ie vous vay ſatisfaire.

CLEONICE.

Si tu veux m'obliger, tay ce ſigne imparfait,
De mon affection, puiſqu'il na point d'effet.

AGLANTE.

Souffrez cét entretien, agreable merueille,
Qui me parlant de vous, charmera mon oreille.

IANOT continuë.

Dreſſant des Eſpaliers, proche du quarré d'eau,

(A quoy nôtre mestier oblige au renouueau)
Le bruit de la fontaine en vn moment émeüe,
Par la cheute d'vn corps, m'a fait tourner la veuë:
I'y suis couru soudain, mais i'ay veu seulement,
Vn cercle dessus l'eau d'vn moindre se formant,
Du second vn plus grand, du tiers cent autres naistre,
Et tous reduits en vn à la fin disparestre.
Ie doutois quel fardeau sur ce moite Element,
Auoit causé ce bruit, & fait ce mouuement;
Alors qu'vne Beauté vestuë à l'auantage,

AGLANTE.

O d'vne extréme Amour, extréme témoignage!

IANOT.

A fait briller sur l'eau mille charmes diuers,
Que ce cristal mouuant a bien tost recouuers.
Il l'a mille fois prise, & mille fois renduë:
Mes yeux la recouuroient, apres l'auoir perduë;
Et la compassion (au hazard d'y perir)
En m'y iettant enfin, me l'a fait secourir.
Ie l'ay conduitte au bord, auec beaucoup de peine;
Mais i'ay veu fort long-temps mon assistance vaine,
Et i'ay veu que son corps, pâle, froid, & perclus,

Sembloit estre sans vie, & ne respiroit plus.
Au bruit que ie faisois, ma Femme est accouruë;
Et tous deux à l'enuy, nous l'auons secouruë.
Nous auons au logis, sentant battre son cœur,
Rétably prés du feu, sa premiere vigueur.
Lors voulant m'enquerir du mal-heur de sa cheute,
Que ce mal-heur (dit-elle) à moy seule s'impute:
Dans ce froid Element ie cherchois mon tombeau,
Mais i'auois trop de feu, pour le trouuer dans l'eau.
L'Amour, qui me possede auec tant de puissance,
N'a pas voulu mourir, au lieu de sa naissance.
I'ay trop peu résenty la rigueur de ses loix,
Et ie dois viure encor, pour mourir mille fois;
Ne pouuant posseder le seul Objet que i'ayme,
Ie m'étois resoluë à me perdre moy-mesme.

AGLANTE.

O glorieux Aglante!

IANOT.

Enfin heureusement,
Ma Femme a sous sa main trouué ce vestement,
Destiné pour ma Fille, en la proche iournée,
Qui va ranger ses iours sous sa loy d'Hymenée;

AGLANTE.

Et lâche ie suruis, apres cette action!

Le gardeur des Lions.

Dieux! quel effect d'Amour, & quelle passion!
Les yeux tesmoignent mal les mouuemens de l'Ame,
Ou tous deux sont attains d'vne commune flame.
Auouez, puis qu'enfin le temps le fera voir,
Que c'est-là le suiet de vôtre désespoir,

AGLANTE.

A qui n'espere rien, il suffit qu'il endure:
Plus il taist sa douleur, & moins sa peine est dure.

Le gardeur des Lions, au Iardinier.

I'ignore leurs tourmens, le Ciel leur soit plus dous;
Mais vn secret mystere est caché là dessous.
Ce mal-heureux Amant, porté de mesme enuie,

A semblable danger abandonnoit sa vie.
Mais vn plus grand miracle a conserué ses iours,
Dont si prodiguement il exposoit le cours.

CLEONICE.

S'il ne t'est ennuyeux, appren moy cette Histoire.

Le gardeur des Lions.

Certes, elle est étrange, & plus qu'on ne peut croire.
S'étant enquis chez nous, s'il luy seroit permis,
De voir ces Animaux, en ma garde commis;
Et moy l'ayant conduit dedans la Gallerie;
Fay moy voir (m'a-t'il dit) les Lions ie te prie;
Lors croyant contenter sa curiosité,
I'ay veu qu'au milieu d'eux il s'est precipité.

CLEONICE.

Mes sens à ce discours conseruent leur vsage.

Le gardeur des Lions.

Dieux, me suis-ie écrié, quel transport! quelle rage!
Mais cét étonnement s'est veu bien tost suiuy,
D'vn effect merueilleux, & dont ie suis rauy.

Que ſes Animaux, ſi cruels de nature,
N'euſſent pris de ce iour aucune nourriture,
Ie les ay veu, forçans leur brutal mouuement,
Careſſer à l'enuy ce glorieux Amant.
Il veut contre ſoy-meſme exciter leur courage:
Il tâche à les aigrir, mais pas vn ne l'outrage;
Ils perdent leur inſtinct, quand il ſuit ſon ennuy,
Il eſt plus Lion qu'eux, eux plus Hommes que luy.

CLEONICE.

O iuſte ſoing des Dieux!

Le gardeur des Lions.

Voyant cette âuanture,
I'ay dans leur chambre enfin décendu leur pâture,
Ils rentrent, & d'abord s'y iettent affamez;
Et moy i'ay pris mon temps, & les ay renfermez:
Apres i'ay retiré de ce danger extréme
Ce beau deſeſperé, ſi cruel à ſoy-méme.
I'ay veu qu'vne manie alteroit ſes eſpris:
Mais Dieux qu'en l'abordant ie me ſuis veu ſurpris!
Il eſt ſorty posé, la veuë & l'ame ſeine;
Et dans ſon propre mal, i'eſtois le plus en peine,

CLEONICE.

O Ciel!

AGLANTE.

N'acheue point cét importun propos?

CLEONICE.

Prolonge-le plûtôt,

Le gardeur des Lions.

Ie l'acheue en deux mots,
L'ayant interrogé dessus son infortune,
Ie veux perdre (a t'il dit) vne vie importune,
Moins pour me deliurer des cruautés du sort,
Qui m'obligent assez à desirer la mort,
Qu'afin que mon mal-heur n'empéche pas de viure
Vne Beauté que i'ayme, & qu'on me verroit suiure,
Si ses yeux que i'adore, auoient perdu le iour.

CLEONICE.

Peut-on ne mourir pas?

JANOT.

O rare effect d'Amour!

Le gardeur des Lions, parlant à Aglante, & à Cleonice.

A bien considerer quelle est vôtre Fortune,
Ie croy non seulement qu'elle vous est commune,
Mais que c'est de vous seuls que naist vôtre tourment,
Et que chacun de vous le cause également.
Tel est mon sentiment;

IANOT.

Et c'est ce que ie pense;
Si pour nous ce secret n'est de trop d'importance,
En faueur du secours que l'on vous a rendu,
Ne nous déguisez rien;

AGLANTE.

Ie n'ay pas entendu.
Que voulés-vous sçauoir?

IANOT.

Si vous & cette Belle,
N'auez pas l'vn pour l'autre vne ardeur mutuelle,
Et n'esperans plus rien, qui vous pût secourir,
N'aués pas l'vn pour l'autre aussi voulu mourir.

AGLANTE.

Pour ne pas l'aduoüer, i'en reçoy trop de gloire;

CLEONICE.

Et c'est me faire tort, que de ne le pas croire.

IANOT.

Pourquoy dessous les loix d'vn Hymen bien-heureux,
Ne consommez-vous pas vos desirs amoureux?
Peut-on sans vous hayr, ou sans estre Barbare,
Empécher les effets d'vne amitié si rare?

CLEONICE.

Outre les droits d'Amour, vne autre authorité

Veut diſpoſer encor de noſtre liberté,
Celle de nos parens s'oppoſe à nôtre enuie;
Et qui nous a donné, nous veut ôter la vie.

SCENE VI.

ASPHALTE, ORPHISE, AGLANTE, CLEONICE, Le gardeur des Lions.

ASPHALTE.

ORphiſe, ie les voy? Mais Dieux! quel changement?
Et qui porte Megate à ce déguiſement?

ORPHISE.

Reconnoy maintenant, ſi ma croyance eſt vaine;
C'eſt d'eux qu'on nous parloit, n'en ſoyõs plus en peine.

ASPHALTE.

Quel bruit en vn moment s'eſt icy répandu?
Quel eſt cét accident? l'auez vous entendu?

Vne ieune Beauté, qui s'eſt deſeſperée,
Du quarré d'Eau (dit-on) vient d'étre retirée;
Et de meſme fureur vn homme tranſporté,
Au milieu des Lions, s'étoit precipité;
Seriez vous bien l'objet d'vn ſort ſi déplorable?

CLEONICE.

Ie ſuis la malheureuſe;

AGLANTE.

Et moy le miſerable.
Mon eſprit accablé ſous des ennuis preſſans,
Ayant à la fureur abandonné mes ſens,
Il ne m'eſt plus reſté qu'vne ombre de memoire,
Qui m'a fait ſouuenir de ceſte vieille hiſtoire;
Qu'vn Amant furieux, & mal-traité d'Amour,
A ſa Dame inſenſible ayant oſté le iour,
Condamné qu'il étoit par Arreſt legitime
Aux Tygres, aux Lions pour peine de ſon crime;
A ces fiers Animaux fut à peine exposé,
Qu'en cent morceaux diuers ſon corps fut diuisé.
Il paſſa comme vn Ombre à leur bouillante rage,
Et l'on peut dire à peine auoir veu ce carnage.
Moy, par qui cét objet, pourueu de tant d'appas,
Endure des tourmens, pire que le trépas,
A ce reſſouuenir, i'ay veu qu'auec iuſtice,

Ie pouuois m'ordonner vn semblable supplice.
Mais ces fiers Animaux, ô dure cruauté!
Pour m'estre plus cruels, ne me l'ont point esté:
Les Dieux n'ont empesché qu'ils m'ayent fait outrage,
Que pour me reseruer à souffrir d'auantage.
Les Lions de mon corps refusent le repas,
Et ne me sont cruels, que pour ne l'estre pas.

CLEONICE.

Si les Dieux ont permis qu'ils ayent osté la vie
A celuy qui l'auoit à sa Dame rauie,
Les ont-ils pas aussi iustement desarmez,
Quand vous vouliez mourir, pource que vous m'aimez?
En ces deux actions leur iustice est pareille,
Et ce que vous croyez vne rare merueille,
N'est qu'vn effect d'amour, qui fait plaindre nos maux
Et reuerer ses loix aux plus fiers Animaux.
Le feu que les Lyons creignent de leur nature,
Pouuoit bien vous seruir en pareille aduanture
Et détourner de vous leur rage, & leur fureur,
Puis qu'vn feu si pressant vous consomme le cœur.

AGLANTE.

Dieux! encor à present mon ame est égarée,

Au

Au penser du peril dont on vous a tirée;
Et ie ne puis songer qu'auec confusion,
Que vous l'ayéz tenté, pour mon occasion:
Ma raison toutefois reprenant son vsage,
S'il peut-estre vn peu calme en vn si grand orage,
Ie voy que ce beau corps ne pouuoit s'outrager,
Qu'au plus fort du danger, il estoit sans danger,
Puis qu'étant aussi pur, qu'étoient ceux des Vestales,
Au feu qu'elles gardoient ses flames sont égales.
Le feu de vôtre amour étant si precieux,
Est, pour ne durer pas, trop estimé des Dieux.
Au reste si le feu, qu'on nomme Elementaire,
Sans alteration peut conseruer sa Sphere,
La iustice des Dieux auroit permis à tort,
Que par l'Eau Cleonice eust souffert quelque effort;
Puis que son cœur est plain d'vne flame aussi pure,
Que le feu le peut estre au lieu de sa nature;
Et que jamais encore on n'a veu de mortels,
Plains d'vne ardeur si sainte, approcher des Autels.
Si le pouuoir des Dieux, les autheurs de son estre,
Ne la fist immortelle, elle est digne de l'étre.

ORPHISE.

O merueille incroyable! ô rare affection,
Qui ioint l'étonnement à la compassion!

Vne si belle amour ne peut plus estre vaine,
Le plaisir doit enfin succeder à la peine,
Vos parens cederont aux loix de nôtre sort,
Il faut sur leurs esprits faire vn dernier effort;
Agrées seulement, que ceste compagnie
Leur témoigne auec moy vôtre peine infinie,
Et qu'ils sçachent par nous, cét aueugle transport,
Qui vous auoit liurés au pouuoir de la mort.
Si par nôtre rapport, vne amitié si rare,
Ne les peut émouuoir, l'vn & l'autre est Barbare:
Mais quel penser, Asphalte, occupe tes esprits?

ASPHALTE, en sur-saut.

O Dieux! ie réuois bien, & vous m'auez surpris.

Il parle à Aglante, & à Cleonice.

Ces violens transports, dont vôtre ame est pressée,
Et ces grands accidens occupoient ma pensée;
Mais outre vos malheurs, vn qui m'est suruenu,
M'a durant vos discours, long-temps entretenu;
Apprenez en deux mots, auant que ie vous quitte,
Ce mal-heur qui m'estonne, & surquoy ie medite.
Tantost vn mal si grand, & si prompt m'a pressé,
Que presque en vn instant mes forces m'ont laissé;
Vne glace en mon corps s'est par tout estenduë,

Mon ſang s'eſt retiré, ma couleur s'eſt perduë,
Et i'ay veu que la Mort m'alloit fermer les yeux,
Et qu'vn mal ſi ſoudain eſtoit contagieux.
Ie ne reſpirois plus, quand au beſoin Florine,
Par vn contre-poiſon d'vne vertu diuine,
Qu'en ce lieu par hazard elle auoit apporté,
A diſſipé mon mal, & m'a reſſuſcité.
Ainſi ſa charité m'a conſerué la vie,
Mais en me la ſauuant, elle me l'a rauie,
Puis que ie meurs d'amour, pour cét objet charmant,
Et conſerue le iour, pour l'aimer ſeulement.

AGLANTE.

Ton merite eſt extréme, & ton choix legitime.

ASPHALTE.

Mes déuoirs prouueront à quel point ie l'eſtime:
Mais il eſt déja tard, allons le ſecourir,

AGLANTE.

Allés, faites nous viure, ou faites nous mourir.

ACTE V.

SCENE I.

ARBAZE, ASPHALTE, TOINET,

ARBAZE.

CEt étrange acident que vous me racontez,
Estonne mes esprits, & les tient enchantez;
Mais connêtrons nous point ceste Beauté charmante,
Qui donne tant de peine à mon volage Aglante,
Et qui troublant ses sens par une aueugle erreur,
Le porte a tel excez de rage, & de fureur?

TOINET.

On l'apelle Megate.

ASPHALTE.

Elle eſt grande, elle eſt blonde,
Belle, & modeſte, autant qu'autre qui ſoit au monde,
Touche bien la Quiterre, & ſçait chanter auſsi;
Sans nommer Cleonice, on la deſigne ainſi.

ARBAZE.

Peut-eſtre que Nerice en ſçaura dauantage,
Vn meſme étonnement paroit ſur ſon viſage.

SCENE II.

NERICE, ARBAZE, IANOT, TOINET, ASPHALTE.

NERICE.

ADmirez l'accident, qui nous est suruenu,
Par l'amour que ma Fille a pour vn Inconnu,
Qui se nomme Filene.

ARBAZE.

O quelle étrange Histoire!
Comme ce Iardinier le designe, il faut croire,
Qu'Aglante asseurement, pour nous abuser tous,
A ce nom emprunté.

NERICE.

Ie le croy comme vous;

Et par ce que cét homme icy me vient d'aprendre,
Ie iuge, que troublez, faute de nous entendre,
Vne inutile peur trauaille nos esprits;
Ie iurerois qu'Aglante est seulement épris,
De celle qui vous doit la beauté de son étre,
Et que nos deux Amans s'aiment, sans se connêtre.

NERICE.

Pour en auoir le cœur tout a fait éclaircy,
Prions ces bonnes gens de les conduire icy;
Et nous verrons bien tost, si nôtre attente est vaine.

IANOT.

Allons.

TOINET.

Dans vn moment vous serez hors de peine.

ARBAZE.

Ce pendant cachons nous derriere ces buissons;
Peut-estre verrons nous l'effet de nos soupçons.

NERICE

O que si le Destin, à nos dessains propice,

En ce lieu nous montroit Aglante, & Cleonice,
Exprimants deuant nous leurs transports amoureux;
Arbaze, en verité nous serions trop heureux.

ARBAZE.

Ie croy que le hazard déia nous les presente;
Ils les ont rencontrez, ie reconnois Aglante.

NERICE.

Arbaze, ie connois ma Cleonice aussi;
En ce rustique habit, qui la déguise ainsi,
I'ay peine à la connoistre, il faut que ie l'appelle;
Non, pour m'éclaircir mieux, ie m'approcheray d'elle.

SCENE III.

AGLANTE, CLEONICE, NERICE.

AGLANTE.

O Chef d'œuure accomply de Nature, & d'Amour,
Quand finiront mes maux? quand verray-ie le iour,
Que ma fidelle ardeur aura ſa recompenſe?

CLEONICE.

Fuy mon ame, ie voy ma Mere qui s'auance;
Mais ſi Megate enfin ne te peut ſecourir,
Comme elle ſçait aimer, croy quelle ſçait mourir.

NERICE.

Ma Fille, qu'eſt cecy? quelle auanture étrange,
Sous ce ruſtique habit, te déguiſe, & te change?

CLEONICE.

Vous le ſçauez, Madame, & ſi i'en rends raiſon,
Ie ſçay que mon diſcours ſera hors de ſaiſon.
Vous auez tout appris de la bouche d'Orphiſe,
Excuſez en ma faute, vn Dieu qui l'autoriſe,
Et qui laiſſant errer mon ame à l'abandon,
Vient par ma bouche enfin vous demander pardon.
I'ay manqué de reſpect, ie confeſſe Madame,
Quoy qu'vn feu tout diuin ait embrasé mon ame,
Et que le iuſte Ciel m'ait choiſi mon Eſpous,
Que ce chois eſt mal fait, puis qu'il eſt fait ſans vous!
Mais las! ſi i'ay failly, i'en ay fait penitence,
I'ay voulu par ma mort expier mon offence;
Apres auoir détruit vôtre contentement,
Ie n'ay pas voulu viure vne heure ſeulement.
I'atteſte le Soleil, qui malgré moy m'éclaire
Que c'eſt auec regret, que i'oſe vous déplaire.
Mais penſant au ſujet qui me conduit icy,
Ie ne deſire pas vous pouuoir plaire auſſi.
C'eſt du coſté d'Amour qu'à la fin ie me range,
Aimant bien mieux mourir, que me reſoudre au change.

NERICE

Ne parlez pas ainsi, ma Fille, ie ne veux
Ny ne desire rien, que d'accomplir vos vœux.
Cét obiet agreable, où vôtre ame s'incline,
Est l'époux que le Ciel par mon choix vous destine.

CLEONICE.

Las! ne me raillés point en l'état ou ie suis,
Pleignez plûtôt mon cœur, outré de mille ennuis.

NERICE.

Mais vous, pleignez plûtôt vôtre erreur amoureuse;

CLEONICE.

Pour vn si grand succés, ie suis trop mal-heureuse,
Ma Mere, au nom d'Amour, dont i'adore les lois,
Dites si mon Philene est mien par vôtre chois,
Si ie l'ose esperer, si ie m'y dois attendre.

NERICE.

Ma fille il est à vous.

CLEONICE.

Ie ne le puis comprendre,
Eclairciſſez, ma Mere, vn diſcours ſi charmant;
Et ſi ſous vn feint nom Aglante eſt mon Amant,
Dites quel eſt le mot, qui nos vœux authoriſe,
Et que nous auons pris enſemble pour Deuiſe;
Que nous nommons tous deux la clef de nos ſecrets,
Et que nous ne fions qu'à ceux qui ſont diſcrets.

NERICE.

Sans porter ton eſprit à des choſes friuoles,
Ma Fille, tu dois croire à mes ſimples paroles.

CLEONICE.

Connoiſſant qui ie ſuis, & ce que ie vous doy,
Ie ſçay qu'à vos diſcours ie doy donner la foy;
Mais ſans ce mot, ma Mere, il ne m'eſt pas poßible,
Du ſecret de nos cœurs c'eſt la marque infallible;
Et ſi l'Amour manquoit, luy meſme en ce ſeul point,
M'annonçant mon ſalut, ie ne le croirois point.

ASPHALTE.

Ie ſçay ce qu'elle veut,

ARBAZE.

Dy le moy ie te prie

ASPHALTE.

C'est aimer, & mourir, contentez son enuie.

ARBAZE, se monstrant.

Si ces mots sont si forts, qu'ils te puissent guerir,
Ie ne les tairay plus, c'est aimer, & mourir.

CLEONICE.

O Dieux! qu'ay-ie entendu? quelle voix nompareille,
Vient de fraper mon cœur, en frapant mon oreille?

NERICE.

Ma Fille, on t'a dit vray, ie te iure ma foy,
Que Philene est Aglante.

CLEONICE.

A ce coup ie le croy.

NERICE.

Puis qu'vn meilleur Destin t'oblige de le suiure,
Quitte aimer, & mourir, prens posseder, & viure.

CLEONICE.

La preuue est infaillible, helas! c'est bien assez;
Ie meurs d'aise & d'amour, mes vœux sont exaucez.
Iuste Dieu des Amans, ie te doy ma victoire,
Ie m'abandonne toute à tes chastes plaisirs;
Et ne puis plus douter de l'heur & de la gloire,
Dont tu couronnes mes desirs.

Mais que dis-ie? l'Objét dont mon cœur est charmé,
Ne me laisse pas voir, qu'ayant trop tost aimé,
Du iuste choix du Ciel, i'ay tenu peu de conte;
Et pour suiure la loy d'vn iniuste desir,
Où ie déurois mourir de regret, & de honte,
Ie dy que ie meurs de plaisir.

Aglante, cher Espoux, que diras-tu de moy,

Qui t'étois destinée, & t'ay manqué de foy?
Par l'amour que Philene en mon ame a fait naistre,
Nôtre aimer & mourir est digne de mon sort;
Car pour t'auoir aimé, deuant que te connestre,
Il faut me resoudre à la mort.

Ie me trouue inconstante, en n'aimant rien que toy;
Ie te suis infidelle, en te gardant la foy:
Ie ne cours point au change, & si ie suis volage;
Ie m'accuse, & ie suis coupable seulement,
D'auoir mal assemblé le nom, & le visage.
De mon cher & parfait Amant.

Mais ce Roy de mon cœur ne m'excusera pas,
I'ay trop legerement adoré ses appas,
Le voila qui paroist, Dieu! que i'en suis esmeüe!
Il me va reprocher mes volages humeurs;
Ie ne puis soûtenir les foudres de sa veüe,
Ie me pâme, helas! ie me meurs.

NERICE.

Ma Fille, d'où te vient cét étrange caprice?
Elle se pâme, ô Dieux!

ARBAZE.

Vien sauuer Cleonice,
Vien sauuer ta Maistresse, Aglante, la voicy.

AGLANTE.

Ce nom me touche peu, fuyons plutôt d'icy.

Scene

SCENE IV.

Icy tous les Acteurs accourent à l'euanouïssement de Cleonice.

ARBAZE.

Vien viste.

AGLANTE.

Helas! mon feu tire son origine.
D'vne bien plus illustre; & plus belle racine.

MELINDE.

Megate est Cleonice, & ce nom qu'elle a pris,
Ce matin dans le Temple, a trompé tes esprits.
Megate est vn Chasteau d'vne maison illustre,
Que son pere Cleon, pour se donner du lustre,
S'étant dans les partis, fait riche en peu de iours,
Acquit auant sa mort.

NERICE.

Mes amis, au ſecours.

MELINDE.

Et quand ie m'en ſouuiens, pour contenter Nerice,
Du nom de cét acqueſt, ie nomme Cleonice:
Ainſi l'ay-ie nommée au matin par hazard,
Lors que i'ay veu venir vn homme de ta part.

AGLANTE.

Bon Dieu! quel changement!

ARBAZE.

Ne croy pas qu'on te flatte,
Non, non, n'en doute plus, Cleonice eſt Megate.

AGLANTE.

Filene eſt donc Aglante, & le ſera toûjours;

ARBAZE.

L'eſtat où tu la vois demande vn prompt ſecours:

Approche, & tu ſçauras qu'elle ne s'eſt pâmée,
Que du regret qu'elle a d'auoir eſté charmée,
De toy, ſans te connêtre.

AGLANTE.

O triſte éuenement!
Donc, ô rare Beauté, que i'aime vniquement,
La peur d'auoir failly dans ton amour extréme,
Contre moy, t'aura fait defaillir à toy-meſme!
Et chacun me ſçaura l'Autheur de ton trépas;
I'auray causé ta faute, & ie n'en mourray pas?
Puiſque l'autheur d'vn mal, tout ſeul eſt puniſ-ſable,
Pourquoy le receuant, t'eſtimes tu coupable?
Et pourquoy, t'accuſant, cruelle, offences-tu,
Et la meſme Innocence, & la meſme Vertu?
I'ay failly comme toy, car ie t'ay fait parêtre,
Mon zele & mon ardeur, auant que te connêtre.
I'ay ſouffert que Megate occupaſt mes eſpris,
Qu'elle me fit auoir ton beau nom à mépris;
Et dans l'aueugle erreur de mon Amour extréme,
I'ay hay Cleonice, à cauſe d'elle-meſme.
Mais ma pleinte en ce point ſeroit hors de ſaiſon;
Reprenant tes eſprits, repren donc ta raiſon;
Entends la triſte voix d'Aglante qui t'adore,
Secourons la Madame, elle reſpire encore.

NERICE

Ma Fille.

MELINDE.

Ma Maitresse.

AGLANTE.

O chef-d'œuure des Cieux!
Diuine Cleonice, helas! ouure les yeux;
Montre ces clairs Soleils, & me voy par mes plein-
tes,
Rendre vn dernier deuoir à tes Reliques saintes:
Regarde moy, mon ame, & dans mes yeux connoy,
La passion que i'ay de mourir auec toy,
Ne t'en va pas sitost, attens que ie te suiue,
Ou si tu vis encor, ordonne que ie viue.

CLEONICE.

Est-ce toy, mon Aglante, helas! il faut mourir.

AGLANTE.

Cruelle à quel dessain?

NERICE.

Laiſſe toy ſecourir,
Banny de toy les maux, dont le Ciel te deliure,
Penſe, au lieu de mourir, à poſſeder, & viure.

AGLANTE.

Ouy, belle, & chere Cleonice,
Poſſede ce cœur amoureux,
Qui t'adore ſans artifice,
Et viuons à jamais heureux.

CLEONICE.

Poſſeder, & qui? mon Aglante;
Celuy dont ie fuiois l'abord,
Et qu'en ma haine violente,
Ie redoutois plus que la mort.

Il faut que Cleonice ſoit releuée de terre peu à peu en diſant ces vers.

AGLANTE.

Celuy plutôt que tu fais viure,
Auec plaiſir deſſous tes lois;
Et que meſme lon t'a veu ſuiure,
Au moment que tu le fuiois.

CLEONICE.

Celuy qui n'est deuenu nôtre,
Que par vn hazard seulement;
Puisqu'il est est certain qu'en m'aimant,
Il croyoit en aimer vne autre.

AGLANTE.

Celuy que pour ta seule foy,
Le Ciel a tellement fait naistre,
Qu'auant mesme que te connestre,
Il te connût, pour estre à toy.

CLEONICE.

Celuy dont mon ame est rauie,
Et que le caprice du Sort,
Quand ie l'aimois plus que ma vie,
M'a fait haïr plus que la Mort.

AGLANTE.

Celuy que pleine de constance,
Tu ne pouuois iamais trahir;
Puis que c'est ta méconnoissance,
Qui seule te l'a fait haïr.

CLEONICE.

Celuy qui témoin de ma honte,
Me croit volage, & sans pudeur,
Puis qu'il me reconnût trop prompte,
A luy témoigner mon ardeur.

AGLANTE.

Celuy qui te croit admirable,
En constance, comme en beauté;
Puis que ton ame tousiours stable,
N'a point changé de volonté.

AGLANTE.

Celuy qui m'a veu de ma Mere.
Contrarier les volontés;
Et qui dans cette humeur legere,
Condamnera mes libertés.

CLEONICE.

Celuy qui voit que de Nerice
Tu secondes la volonté;
Et qui ne peut, sans iniustice,
T'accuser de legereté.

CLEONICE.

Celuy qui me croit dereglée,
Dedans mon amoureux transport;
M'ayant d'vne course aueuglée,
Veu precipiter à la mort.

AGLANTE.

Celuy qui benit ton courage;
Car sans ce dessein glorieux,
Tu violois auec outrage
Vn amour ordonné des Cieux.

Cleonice, croy moy, tu n'as plus rien à craindre
Et tu cherches en vain des suiets de te pleindre,
N'ayant rien entrepris auiourd'huy dans ces lieux,
Qui ne fust resolu par vn decret des Dieux.
Nous suiuons nos Destins, & l'humaine prudence
Ne sçauroit éuiter leur fatale ordonnance,
Qui de nos volontez dispose absolument.

NERICE.

Tu gesnes en effet ton esprit vainement.

Donc

CLEONICE.

Donc ie n'ay point failly?

NERICE.

Non, n'en crains aucun blâme.

CLEONICE.

Le crois-tu, cher Amant?

AGLANTE.

Si ie le croy, mon ame?
Peux-tu douter encor? Ah! si tu veux nourrir,
Cette erreur plus long temps, tu me feras mourir.

CLEONICE.

Donc ie puis contenter en ce bon-heur extréme,
Tout ensemble les Dieux, mes parens, & moy-mesme,
O douceur infinie!

AGLANTE.

O plaisir nompareil!
Qui sans nuage enfin me fait voir mon Soleil.

ARBAZE.

Allons, pour couronner cette heureuse iournée,
De nos parfaits Amans terminer l'Hymenée.

NERICE.

Allons, i'en suis contente.

ASPHALTE.

O bien-heureux Amans!
Que ie prendrois de part à vos contentemens,
Si la Beauté, qu'Amour a rendu Souueraine,
Dessus mes volontez prenoit part à ma peine!
Si par vn sentiment d'Amour, & de pitié,
Florine respondoit à ma saincte amitié.

FLORINE tout bas.

O Dieu! que ce discours sensiblement me touche.

CLEONICE.

Florine, en verité vous seriez trop farouche,
Si vous ne secondiez les vœux d'vn tel Amant.

AGLANTE.

Ie trouue le party sortable extremément.

ASPHALTE.

C'est en vous apres elle, Arbaze, que i'espere,

ARBAZE.

Ie l'en conjureray par le nom de son Pere,
Qui mourant ordonna, qu'elle fût sous ma loy;
Accepte son amour, & luy donne ta foy.

FLORINE.

Certes, ie fremis toute au nom du Mariage,
Car on m'a toujours dit, que c'est vn grand passage;
I'ay peur d'étre trop ieune encor pour y songer.

ORPHISE.

En effet, ce discours la doit bien affliger.

ASPHALTE.

O Reine de mon cœur, adorable Florine,
Qui seule de mon mal portés la Medecine,
Flattez-le d'vn discours vn peu plus serieux,
Et ne vous raillez point d'vn nœud misterieux,
Qui déja dans le Ciel nos deux ames assemble,
Et nous doit rendre heureux, s'il nous peut ioindre ensemble.

FLORINE tout bas.

Ma foy, i'en meurs d'enuie, & beaucoup plus que luy,
Asfalte, ie dépens des volontez d'autruy.

ARBAZE.

S'il ne tient qu'à ma voix, elle vous est donnée;
Vous pouuez faire ensemble vn second Hymenée;

FLORINE.

En ce cas i'y consens.

ASPHALTE.

O doux consentemens,
Qui me rendent heureux dessus tous les Amans!

FLORINE.

Ie ne suy pas trop bien ma premiere entreprise,
I'étois venuë icy, pour prendre, & ie suis prise,
Amour, le ioly jeu qu'en ces lieux on apprend,
Où, dés le premier coup, qui veut prendre, se prend.

FIN.

www.ingramcontent.com/pod-product-compliance
Ingram Content Group UK Ltd.
Pitfield, Milton Keynes, MK11 3LW, UK
UKHW031855260826
14628UKWH00002B/791

9 782329 451756